徳間文庫

遠い国のアリス

今野　敏

徳間書店

1

３ＤＫのマンションの一室で、静かな戦いが続けられていた。

三人の若い女性が、その部屋にいたが、誰も口をきこうとしなかった。

壁際に置かれた机にそれぞれが向かっているため、互いに背を向け合うような恰好になっている。

彼女たちは、一様に、目を赤くしていた。事情を知らない人が見たら、三人とも泣いた直後だと思ったに違いない。

髪は乱れたままだった。

服装は、三人ともスウェットの上下を着ていた。

ひとりが、あざやかな黄色。そして、ピンク。残るひとりはペパーミントグリーンだった。

彼女たちがスウェットの上下を着ているのには、もっともな理由があった。

一番楽な恰好なのだ。

4

静まり返った部屋で、針金の先で紙をこするような、独特の音が絶え間なく聞こえ続けている。

ケント紙の上に、Ｇペンを走らせる音だった。

製図用のインクをＧペンにつけ、ケント紙に美しい人物の絵を描き続けているのが、この部屋の主だった。

彼女は、肩まである髪をうしろで一本にゆわえている。

前髪は、ちょうど眉が隠れる長さに切りそろえられていた。

目鼻立ちは整っているのだが、とにかく、そのときはすさまじい形相をしていた。

血走った目でケント紙を睨《にら》みつけ、下唇をぎゅっと嚙《か》んでいる。

彼女が持つペンは素早く正確に動いた。

ペンの動きの速さは、必要に迫られていつしか身についたものだった。

プロの技術だ。

彼女はこの二年間、この日のような時間との戦いをずっと続けてきていた。

彼女の名は菊池《きくち》有栖《ありす》。年齢はちょうど二十歳《はたち》。

小さいころから、とにかく漫画が大好きだった。

高校二年の秋、ある雑誌の新人賞に応募して入選してしまった。

突然のデビューだった。

最初は、別冊の月刊誌に読み切りを描かされた。

それが大評判になり、いきなり月刊の連載を持たされてしまった。

当時、彼女はまだ高校生だったので、出版社側も彼女の意志を尊重した。

彼女は、高校を卒業するまでは、学業をおろそかにしたくないと言った。

今思えば、単なるたてまえのようにも思えるし、いきなり違う世界に入ってしまうのが恐ろしかったのかもしれない。

しかし、彼女は、卒業というけじめだけはつけたかった。

「けじめをつける」というのは、菊池有栖の性格を端的に表した言葉だ。

彼女はいい加減なことが嫌いだった。

高校は無事卒業した。

すると、すぐに週刊の連載を持つことになった。

今では、少女向けの週刊漫画誌と、少し年齢の高い層を狙ったレディース・コミック誌の二本をかかえている。

少女漫画の画稿は時間がかかる。

少年誌がスクリーントーンでごまかしてしまうような細々《こまごま》したところの描き込みが勝負なのだ。

それが、独特の雰囲気を作り出すのだ。

週刊誌を二本かかえるというのは、彼女のような漫画家にはかなりの負担だった。それでも彼女は音《ね》を上げようとしなかった。できる限り締め切りも守ろうと努めていた。

「できた!」

菊池有栖は叫んで、Gペンを置いた。

本当はペンを放り出したいところだが、原稿を汚しては大変なので、そんなまねは絶対にできない。

あとのふたりは、その声に反応しようとしない。

彼女たちは、高校時代の漫画研究会の仲間で、臨時雇いのアシスタントだった。

ひとりは女子大に通っており、もうひとりは、短大を出て、フリーアルバイター――つまり、『プーちゃん』をやっている。

『プーちゃん』というのはプータローから出た言葉で、プータローというのは無職の遊び人といったような意味だ。

臨時雇いとはいえ、最近では、ほとんど正式のアシスタントと変わらないくらい有栖のもとに通いつめていた。

その日も、ほとんど徹夜の作業の三日目を迎えていたのだ。

女子大に通っているのが、久美《くみ》、フリーアルバイターが藍子《あいこ》という名だった。

久美は大学で漫研に入っており、腕を研《みが》き続けていた。

したがって、背景や、簡単な人物にペンを入れるのが彼女の役目だった。

藍子はベタ塗りとスクリーントーン貼りを担当していた。

しばしの放心状態から我に戻ると有栖は、藍子に言った。

「ベタ塗りやるわ。少しこっちに回して」

藍子は無言で画稿を背後に差し出した。

ドアが開いた。

菊池有栖はさっと振り向いた。

『週刊少女コスモ』の編集者、西田博司《にしだひろし》が立っていた。

隣りの部屋で、原稿の上がりを待っていたのだ。

今回は、有栖にしては珍しいのだが、原稿の仕上がりが、締め切りよりはるかに遅れていたのだった。

有栖は、西田がいることを、半《なか》ば忘れかけていたのでびっくりした。

「ノックくらいしてください」

彼女は言った。「女の子だけの部屋なんですよ」

西田は、有栖を冷やかに睨んで、言った。

「すまん」

少しも申し訳なくは思ってなさそうな口調だった。「できた、という声が聞こえたもんでね。こっちは、すぐにでも印刷所へ原稿を持って飛んで行きたいんだ」

彼に文句を言ったのは間違いだったと、有栖はすぐに悟った。

西田は、ドアのところに立ち、冷たい眼差《まなざ》しで久美と藍子を交互に見た。

彼女たちはその視線にまったく気づかない。

有栖と西田のやり取りにも関心を示そうとしない。

ふたりの頭のなかには、目のまえの原稿のことしかないのだ。

菊池有栖は机に向かってから言った。

「あとはベタとスクリーントーンで終わりです。もうすぐですから……」

言葉は返ってこない。

有栖の背に、ドアの閉まる音が響いてきた。


藍子が椅子の背もたれに、どさりと身をあずけた。

「終わった」

久美がさっと最後の画稿をひったくり、ドライヤーをかけた。

有栖はすべての原稿をチェックして、ひとりかすかにうなずいた。

仕上がった美しい原稿。誰が何と言おうと彼女はこの瞬間が好きだった。

有栖は、隣りの部屋へ原稿をまとめて持って行った。

テレビを見ていた西田が、さっと顔を上げた。

目が合って、有栖は不器用に視線をそらした。

西田は、デビューしたときからの担当編集者だが、どうしても打ちとけることができずにいた。

怖いのだった。

目をそらしたのも、恥じらいではなく、一種独特の威圧感を覚えたからだった。

有栖は、乱れた髪に手を持っていった。髪をたばねていたゴム輪を取り、手で髪を整えようとした。

どうしてそんなことをしたのか自分でもわからなかった。

その間、西田は有栖から原稿を受け取り、目を通していた。

彼は、時計を見てつぶやいた。

「八時か……。早かったな」

それが西田のねぎらいの言葉だった。

彼は、有栖にうなずきかけると、部屋を出て行った。

有栖はあわてて、彼に続いて部屋を出る。

西田はすでに玄関を出るところだった。

そのうしろ姿に向かって有栖は、頭を下げていた。

西田は振り向きもせずにドアを出て行った。

有栖は張りつめていたものが、ぷっつりと切れ、その場に崩れるようにすわり込んでしまった。

彼女は無意識のうちに、つぶやいていた。

「終わったァ……」


久美と藍子は、異常とも言える躁《そう》状態だった。

疲れ果てていたが、その疲労が妙に気分を高揚させているのだ。

こたつの上には、たちまちビールの空缶の山ができた。

有栖は、久美と藍子が大笑いする様をぼんやりと眺めている。

「あ・り・す!」

女子大生の久美が言った。「あんたって、いつもそう。そうやって人のことじっと観察してんの」

「え……」

「飲んで騒いで頭んなかのぐちゃぐちゃを外に出そうとしているわけよ、あたしたち。それをあんたはいつも醒めた目でじっと見てるんだわ」

「やだ……。ちょっと、そんなことないわよ」

「あんた、そうやって、やなこととか、つらいこととかを体のなかに溜《た》めちゃうから、下半身が太くなっちゃうのよ」

「放っといてよ……」

「あ、あんた、今、こう思ったんでしょ。あたしたちがあんたのこと、やっかんでいるんだって……」

「あきれた。酒癖悪いわよ、久美」

「そうよ、そうに違いないわ。ね、藍子」

「……ん？　何？　あたし、なんか、眠くなってきちゃったな」

藍子があくびをした。

「有栖」

久美は一転して真剣な眼差しを向けた。「あれはおよしなさい」

「あれって……。何の話よ？」

「あの編集者よ。西田とかいったっけ？　あんな男、好きになっちゃだめよ」

「ばかなこと言わないで。あの人はただの担当編集者よ」

「よくあるんでしょ？　女流漫画家と担当編集者ができちゃうの。ほら、少女漫画家って、有栖なんかもそうだけど、だいたい高校生あたりで仕事を始めちゃうじゃない。

で、仕事仕事の毎日でボーイフレンド作る暇もない、と。身近にいるのは編集者だけ……」

「あ、それ、私も聞いたことある」

藍子が頬杖《ほおづえ》をついて言った。「でさ、でさ、締め切り間際なんて、ほとんど極限状態じゃない？　もう正常な判断力なんてなくなるのよね、お互いに。それで、つい、なるようになって……」

実際、久美や藍子が言ったような例は少なくない。

だからといって、すべての女流漫画家が編集者と結婚するわけではないし、恋に落ちなければならない理由もない。

有栖は、まともに相手をするのもばからしくて黙っていた。

久美はますます勢いづく。

「ほら、有栖。そういう目をする。ひとり優位に立って、愚かな人々を見下ろすような目」

「そんなことないって……」

「ねえ、あの西田っての、仕事ができるらしいわね」

「優秀な編集者だと思うわ」

「つまり、若いぴちぴちした少女漫画家予備軍をいっぱいおさえているわけだ」

「あ、そういうのって、やりたい放題なのかな?」

「藍子、鋭い……」

久美は、人差指をぴんと伸ばして藍子を指差した。「そうなの。あの、クールな態度は、そういうことを意味しているわけよ」

有栖には、久美の言うことが、別の意味で気になっていた。

西田が若い漫画家予備軍をたくさんかかえているというのは本当のことだと、彼女も思っていた。

その事実は有栖を不安にさせた。

いつかは、自分が西田という編集者にとって価値がなくなるのではないか——彼女は常にその不安をかかえていた。

彼女が西田を恐れ続けているのは、そのせいだ、とも言えた。

「有栖は昔から、ああいうクールでデキるタイプが好きだったから……」

「もう……。やめてよ、久美。あたしは、恋愛とか、そういった気持ちで西田さんを見たことなんかないわ」

「まあた、また……。あたしにはわかるんだ。あんたが西田を見る目。ありゃあ、普通じゃないもん」

「なあに? 目のなかに星かなんかキラキラしちゃうわけ?」

藍子が言った。「ホワイトでキンキラキンにしちゃうわけだ」

「そうじゃないのよ。藍子。そういう憧れの眼差しの段階じゃないわけ。コイツはね、まるでご主人さまの顔色をうかがう犬みたいな目をするわけよ」

有栖は、さきほど、西田のまえで髪をほどいたことを思い出し、頬が熱くなった。あれは、男の機嫌を取ろうとする、女の無意識の行動だったのだろうか――そう思うと、たまらなく恥ずかしいのだった。

「お……」

久美が有栖の顔色を見て、おおげさに驚いて見せた。「コイツ。赤くなったな。怒ったの？　有栖」

「赤くなった？　お酒のせいよ」

頬が急に赤く染まった本当の理由など、久美には口がさけても言えない。

「ねえ、西田さんていくつなの？」

藍子が有栖に尋ねた。

「三十五歳。確か……」

「それで独身？」

「そう」

「十五歳違うのよね……」

「藍子。あんた何考えてるの」

久美が言う。「有栖と西田さんの年の差数えてどうしようってのよ。いい？　有栖に西田さんのことをあきらめさせなきゃいけないのよ」

「久美。いいかげんにしないと、あたし、本当に怒るよ」

そう言う有栖を無視して藍子は言った。

「十五歳くらい、今どき、何の障害にもならないわよね……」

「ちょっと、藍子。あんた、あたしの話、聞いてんの。有栖と西田なんかがくっつかないようにと、あたしは……」

「しぶいわよねえ……。三十五歳っていっても、若く見えるし、おなかも出てないし……」

「藍子。何の話してんの。まさか、あんた……」

「あら、西田さんて、あたしのタイプだもん。有栖のことなんてどうだっていいわ」

「もう、やだ」

久美は、その場にひっくり返った。そして、すぐに寝息をたて始めた。

藍子は酒のせいで蕩《とろ》けるような目をしている。

彼女は、座布団をふたつに折り、胸に抱くとつぶやいた。

「西田さん……」

そのまま、横に倒れると、眠ってしまった。
有栖は、ふたりを起こす気力もなく、ぼんやりとふたりを眺めていた。

2

有栖はひどく喉が渇いて目を覚ました。

すっかり夜が明けていた。

部屋のなかに酒のにおいがこもっている。久美と藍子は、こたつに下半身をつっ込み、ぐっすりと寝ている。

ふたりとも、いつの間に引っ張り出したのか、毛布をかぶっていた。

有栖は起き上がろうとして顔をしかめた。

頭が一瞬、ひどく痛んだ。

まず台所へ行って水を飲む。すごくおいしかった。

飲み終わると、すぐに体が潤ってくるような気がした。

有栖はのろのろと窓に近寄り、開け放った。

冷たい空気が流れ込み、心地よかった。

時計を見ると八時になろうとしていた。

もうひと眠りしようか、一瞬だけ迷い、彼女はバスルームへ行くことにした。

熱めのシャワーを浴び、ていねいにシャンプーをする。

胸がむかついているが、それほどひどくはない。

シャワーの効き目は絶大だった。

新しい下着をつけると、生き返ったような気分になった。

こういうスタートを切った一日は無駄にはしたくなかった。

タオルで念入りに髪の水気を取り、ツイードの柔らかい、たっぷりとしたスカートと、白いフィッシャーマンズセーターを身につけた。

髪がいたまないように、遠目からドライヤーを当てて、ブラッシングした。

髪をきちっとポニーテールにまとめると、ますます気分がすっきりしてきた。

黄色いスウェットの上下は、洗濯物を入れるラタンの籠《かご》に放り込んだ。

こたつの部屋へ戻ると、久美と藍子がもそもそと起き出していた。

久美が寝ぼけ眼《まなこ》で言った。

「何てこと！　スコットランドの小娘が歩き回ってるわ」

「いいから、起きて。部屋、片づけるわよ」

「あたし病気よ」

藍子が言った。「気分が悪いわ」

「二日酔いは病気なんかじゃないの。早くシャワーでも浴びてらっしゃい」

こたつにもぐり込もうというふたりの目を何とか覚まさせ、シャワールームに押し込んだ有栖はコーヒーをわかした。

久美と藍子はようやく頭が働き始めたらしく、洗面所のあたりで、さかんにおしゃべりを始めた。

三人はこたつに入って朝のコーヒーを飲み始める。

「有栖。あんた、それ、妙に似合ってるわね」

久美が言った。「イギリスの田舎《いなか》風の服装にポニーテール。今どき珍しい女の子よ。貴重だわ」

「あたし、ワンレングスにボディコンなんて興味ないもん」

「三つ編みのおさげなんて、もっと似合うかもね」

藍子が言った。「中年ごろし！」

「そうそう。セーラー服や看護婦の制服なんて、ぴったり似合っちゃうのよ」

「いいじゃない。私、学生のとき、制服好きだったわよ」

「悪いとは言ってないわよ」

久美が言う。「素朴な物が似合うというのは、それだけ素材がしっかりしてるってことですからね。ベーシックな魅力というのは何物にも替えがたいわ。ま、若い男にゃ受けないけどね」

有栖は何もこたえず、小さな両手でカップをかかえるようにしてコーヒーをすすった。

「それで、有栖」

久美が言った。「例のこと、本当に実行するの？」

有栖は久美の顔を見つめながらカップを置いた。

「やるわよ」

「西田さんを心配させる作戦？　それで気を引こうっていうの？」

藍子が身を乗り出す。

「そんなんじゃないわよ。二、三日、行方不明になるだけじゃない」

「そういえば藍子、あんた、ゆうべ、西田のことをタイプだとか何とか言ってたわね」

「そう？　覚えてないわ」

「本気で言ったのかと思ったわよ」

「どうかしらね。でも、ちょっと危ない魅力、あるわよね。ね、どう？　有栖。あなたが姿をくらましている間、彼がどんな様子か知らせてあげようか？」

「関係ないよ、西田さんは……。私は、ただ誰にも邪魔されず、ぼうっとしていたいだけなんだから……」

「ま、二、三日なら実害はないはずよね……」

久美が言った。「そのへんが有栖の限界だわ。どうせなら一年間くらい姿くらましちゃえばいいのに」

「そんなことしたら、二度とこの世界に戻れなくなるわ。あたし、この仕事が小さいころからの夢だったのよ。この仕事を失わないために、私がどれだけ気を遣っているか、久美なんかにはわかんないわよ」

「ええ、わかりませんね。自分の実力に自信があるなら、何度だってやり直せるはずじゃない」

「現実はそんなに甘くないのよ。今こうしている間にも、若い漫画家志望者がじっと私のポジションを狙っているのよ」

「窮屈な生活だわ。ね、有栖、あんたいつからそんな考えかたするようになったの？」

「この仕事の厳しさを痛感してからよ。あたしは、絶対、この仕事にしがみついていたいの。少女漫画の世界なんてね、芸能界のアイドルみたいなものよ」

「そんなんで仕事してて、楽しい？」

「楽しいかどうかなんて、今じゃわかんないわ」

「ほ、ほう……」

「それで、どこに隠れるわけ？」

「それは、あんたたちにも、ひ・み・つ」

「何かあったらどうすんのよ」

「藍子、あんたおおげさよ。たった二、三日で何があるって言うのよ」

「わかんないわよ、久美。明日にだって、何が起こるか誰にもわかんないんだから」

「何か起こったほうが、この娘のためかもよ。まったく世間知らずなんだから。今でも『ビショップ』に恋してるんだから、コイツ」

「まあ！　クールで頭がよくて、度胸もあれば力も強い。おまけにハンサムな、あのビショップ？」

「そうよ。『時空の旅人・ビジョップ』よ」

『ビショップ』というのは、有栖の人気作品のなかのキャラクターのひとりだった。

孤独な雰囲気をにおわせ、何が起こっても決してあわてず、どんなことにも自分からは口出ししようとしないビショップ。

時空を自由に旅する力を持つが、それを人に知られまいとしているビショップ。

助けを求められれば、表情ひとつ変えず危険のなかに飛び込んで行くビショップ。

確かにそれは有栖が創り出した理想のキャラクターだった。

久美が言う。

「いくらビショップが好きだからって、彼がベッドのなかでかわいがってくれるわけじゃないでしょう?」

「淫乱……」有栖がつぶやいた。

「あら、正直なだけよ、ねえ、藍子」

「肌のぬくもりとか、圧迫感……。ああいうのって大切よねえ」

「圧迫感……。藍子も大胆なこと言うわねえ。でも、本当の恋愛には欠かせない要素だわよね」

何が本当の恋愛よ——有栖は思った。

誰にも本当の恋愛がどんなもんかなんてわからないはずだ。

そもそも、恋愛自体が大部分、自分で勝手に創り上げてしまう虚構なはずだ。ならば、虚構のなかの人物に恋をすることとどれほどの違いがあるというのだろう。

「とにかく」

有栖は言った。「明日、あたしは出発しますからね」

午後は買い物に出かけた。

有栖はひとりで出歩くのが好きだった。

誰かといっしょだと、相手が女であっても男であっても、ついつい気を遣って疲れてしまうのだ。

もともと人込みも苦手なほうだが、久し振りの外出で気分が浮きたっていた。

渋谷のデパートを回り、代官山へ寄って行きつけのブティック何軒かに顔を出すつもりだった。

明日からの旅行に必要な物を買うのが目的だったが、買い物に出かけるとなると、それだけでは済まない。

代官山のブティックは、なじみの客の紹介などがないと、なかなか足を踏み入れることができない。

経済的なうしろ楯ももちろん必要だ。

その点、有栖はまったく問題なかった。

パーティーなどで知り合った芸能人の紹介がもらえたし、年収は一流企業の重役並みなのだ。

最初に入った小さなブティックのメンズの小物がふと気になった。

それらは、革と真鍮《しんちゅう》でできていた。中世ヨーロッパの重厚な輝きがあった。

有栖は、オイルライターを手に取った。どっしりとした重さが心地よかった。

「贈り物?」

よく知っているハウスマヌカンが近づいて来た。マサコという名だった。

「うーん。贈る相手は特にいないんだけどね」

「本当？」

「でも、このライター、いいわね」

「そういうときってね、品物と縁があるのよ」

「縁？」

「そう。縁というのは、人と人との間だけじゃなくて、人と物の間にもあるわけ。気が引かれる物とか洋服とかがあるとするでしょう。そういう物を身につけていると、運を呼ぶものなのよ」

「へえ……」

実は、有栖はこういう類《たぐい》の話に弱い。

これまで、新興宗教の勧誘を受け、何度入信しかけたかわからない。

「それにね、そういう物を持っていると、人との縁も取り持ってくれたりするのよ。プレゼントのもともとの考えかたはそういうところにあったの。つまり、プレゼントというのは、贈ることよりも、贈った物を持っていてもらうことのほうが、本当はずっと大切なのよね」

ふと、有栖の頭のなかに、西田の顔が浮かんだ。

なぜだか彼女にもわからなかった。

「このライター、もらうわ」

「贈り物用に包装する？」

わずかにためらってから有栖はうなずいた。

マサコは、ほほえんで見せた。


有栖は最後に書店に寄った。

自分の単行本が並んでいる棚に近づく。

その背表紙に印刷された自分の名前を見る喜び——これは本を出した人間でないとわからない。

有栖は、こっそりとその喜びに浸っていた。

すると、女子高生の三人組が寄って来て、コミックの単行本を物色し始めた。

有栖はそっと脇によける。

彼女たちの話し声が聞こえてくる。自分もついこの間まで、彼女たちと同じだったのだと思った。

自分が高校生だった日々——あれからずいぶん経《た》ってしまったような気がした。

女子高生たちの会話のなかに、自分の名前を聞いたような気がして、有栖は、さりげなく彼女らに近づいて行った。

「これ、おもしろいじゃん。『旅・ア・ランフィニ』」

有栖の作品だった。

「やだあ、あんた、SFが趣味なわけ？」

「いいじゃん。SFっても、これファンタジーだよ」

「でも、すごい名前ね、菊池有栖。ね、ありす、だって」

「ペンネームでしょ？」

放っといてよ。本名よ！

有栖は心のなかでつぶやいた。

今、両親は福岡に住んでいるが、結婚した当時は東京にいた。

両親は恋人時代に、よく南麻布の有栖川記念公園でデートをしたのだと言っていた。

その思い出にちなんで、娘に有栖という名をつけたのだ。

有栖は、女子高生たちの無遠慮な会話に嫌悪を感じた。

かつて自分も同じようなことをしていたのではないかと思うと、いたたまれなくなり、その場を離れた。

自由が丘のマンションに帰り着くころは、もう日が暮れかかっていた。

紅い夕暮れのなかを、北東の季節風が吹き、手や頬が冷たくなっていた。

正面玄関を入ると、エレベーターホールに行く手前に、ちょっとしたロビーがある。

有栖は、ロビーの合成レザーのソファに男がひとり腰かけているのに気がついた。

「西田さん……」

西田が有栖のほうを見て立ち上がった。にこりともしない。ただ、うなずきかけただけだった。

有栖はうろたえて、頭を下げた。

「出かけてたのか?」

「はい、あの……、ちょっとお買い物に……」

「こういうマンションは安全でいいだろうが、ちょっとよそよそし過ぎるな。一般の人間はエレベーターホールまでも行けやしない」

エレベーターの手前にドアがあって、その脇に各部屋へ通じるインターホンが並んでいる。

ドアの脇にあるキーに暗証番号を打ち込むか、インターホンで部屋に連絡して、部屋のスイッチを押してもらわない限りそのドアは開かない。

「あ……。今すぐ開けます」

「いや、ここでいい」

西田は無愛想に言って、手にさげていた箱を差し出した。

有栖は買い物の荷物をいったん床に置いて、両手でその小さな箱を受け取った。近所のケーキ屋の箱だった。

「きのうは、ねぎらいの言葉も忘れていたんでな……」

「あの……。お茶、いれますから上がって行ってください」

「いいよ」

「でも……」

「じゃ、次回もよろしくな……」

有栖は、プレゼント用に包装した真鍮製のオイルライターのことを思い出した。

「あの……」

行きかけた西田が立ち止まり、振り返った。

「何だ?」

ライターを渡す口実が見つからなかった。この場でプレゼントをするなんて、いかにも不自然に感じたのだ。

「これ、ありがとうございます」

有栖はケーキの小箱を少しだけ持ち上げた。

西田は、ただうなずいただけでくるりと背を向けて去って行った。

有栖は、明日からの旅行のことを話すべきだったかもしれないと思った。

ライターも渡すべきだったかもしれない。

「気に入ったライターがあったんで買っちゃったんです。使ってくれませんか?」

そう言えばいいだけだったのだ。そして、ついでに付け加えればよかった。

「あ、そうそう。あたし、明日からちょっと旅行してきますから。行き先は秘密です」

床に置いていた荷物を持ち上げ、有栖は思った。

それができれば、苦労はしない。

割り切れない思いを胸に部屋に戻る。リビングルームで、買ってきた物の包装を解き始める。

最高に楽しい時間のはずだった。

だが、買い物くらいしか楽しみがないという自分の姿に気がつき、妙に悲しくなった。

紙袋の奥からライターの包みが転がり出てきた。

有栖はそれをそっと取り上げて、見つめていた。

妙に淋《さび》しくて、涙がこぼれそうになった。

彼女は、ライターの包みをテレビの上に置いてつぶやいた。

「ばかだなあ……」

3

夕食を済ませると、急に疲れが出たのか、妙にだるくなった。

今夜は早く寝てしまおうと有栖は思った。

寝るまえに、明日からの宿の確認をしておかなければならない。

父親の友人が信州の田舎に別荘を持っており、そこを借りる予定だった。

有栖は福岡の両親のもとへ電話をかけた。

母親が出て、健康のこと、収入のこと、食生活のこと、仕事のことなどあれこれ尋ねた。

申し訳ないとは思うのだが、ついついおざなりな返事をしてしまう。

「ちゃんとやってるってば……。例の信州の別荘のことで電話したのよ」

「ああ、父さんがちゃんと話をしてましたよ」

「替わってくれる？」

父が出た。

「明日から出かけるんだけど、だいじょうぶなのね」

「ああ、だいじょうぶだ」

「鍵は、お隣りの人があずかっているのね。ええと、何て言ったかしら……」

「アレックス・J・グッドマンと言っとったな……」

「どこの国の人?」

「知らん」

「どんな人なのかしら」

「物理学者だということだ。気難しい学者だと、いうことだった」

「何だかいやだな……」

「有栖、本当にひとりで行くのか?」

「そうよ」

「そうか……。女のひとり旅は物騒だから気をつけなさい」

父親がまったく別のことを心配しているのが、有栖にはすぐわかった。

彼女が男といっしょに旅行するのではないかと思っているのだ。

不愉快だったが、何も言わなかった。

「それじゃ、お母さんによろしくね」

有栖は電話を切った。

何だか寒気がしていた。ますますだるくなってくる。

「冗談じゃないわ。明日から、せっかくの旅行なのよ」

声に出してつぶやいて立ち上がった。

旅行の準備をととのえ、シャワーを浴びる。髪を乾かすと、すぐにベッドにもぐり込んだ。

三度ほど寝返りを打つと、有栖は眠った。


朝七時に目を覚ました。

何となく手足の肌がぴりぴりするような気がする。寝汗をかいたようだ。

起きるのがおっくうだった。寒気もする。

完全に体調を崩しかけていた。

だが旅行を中止する気はなかった。きょう出かけなければ、今度いつ出かけられるかわかったものではない。

すぐさまエアコンのスイッチを入れ、部屋をあたためながら、またベッドにもぐり込んだ。

ベッドのなかのぬくもりが心地よく、つい、また、うとうととしたくなる。

十五分ほどして、またベッドを出る勇気をふるい起こした。

ナイトガウンをはおって、洗顔をする。

水を顔に叩きつけ、頬やこめかみをマッサージする。

目が疲れているので、こめかみのマッサージが気持ちよかった。

幼いころよくやった、「上がり眼、下がり眼」の要領でマッサージするのだ。

あまり他人に見せられた顔じゃないと有栖は思った。

普段、スキンケア以外の化粧はしない。この日もそうだった。

髪をとかし終えると、出かける用意を始めた。

チノクロスでできたブッシュパンツにトナカイの模様のついたノルディックセーター、靴は足首まである黒のウォーキングシューズという出立《いでた》ちだ。

そのうえに、ライトブラウンのマウンテンパーカーを着るつもりだった。

荷物は、ひとつのデイパックのなかにすべて収めている。

「うーん。ヘビイデューーティーだわ」

どこかの山岳部隊のような恰好の自分を鏡に映し、有栖はつぶやいた。

デイパックをかついで部屋を出ると、足もとがふわふわするような気がした。いくぶんか視界が狭いような気がする。

とにかく、上野発九時三十分の信越本線L特急『白山1号』に乗ってしまえばどうにでもなる。

有栖はそう覚悟を決めてマンションをあとにした。

少し歩くと気分が軽くなってきた。

渋谷で東急東横線から山手線に乗り替え、上野に着いた。

そのころは、不快感はかなり退《ひ》き、旅へ出るんだという実感が増してきた。

有栖はひとり旅という言葉の響きが好きだった。

だいたい、ひとりで行動することが多いのだ。

自分で創り出した理想のキャラクター『ビショップ』も、たったひとりで時空を旅する孤独な旅人だ。

今、有栖は、そのビショップと同じ孤独な旅人になったことに満足していた。

上野で幕の内弁当を買って列車を待つ。白山1号は思ったよりすいていた。有栖は、ゆうゆうと自由席にすわることができた。

列車が発車する。

灰色の風景のなかを抜け、にごった河を渡る。

そのうち、車窓の風景に緑が多くなってきた。遠くの山は、紅葉し始めている。

有栖は、あたたかいお茶をほんの少し飲んだ。食欲がわいてきた。

弁当を広げて食べ始める。

うん、だいじょうぶだ。食べられる——有栖は思った。食べている間は、多少気分がすぐれなくても、どうということはない。

彼女は、きれいに弁当を平らげた。

一度箸をつけた物は残さずに食べるのが習慣になっていた。食べるのも早いほうだ。

本人は覚えていないが、周囲の人々は、きっと両親のしつけがよかったのだと言う。

珍しく早起きしたので、眠くなってきた。

流れて行くのどかな景色、車輪が線路の継ぎ目を通るときの規則的な音……。

眠るのはもったいないと思いつつ、いつしか、有栖はうとうとしていた。

目を覚ますと、小諸の駅だった。三つ目の停車駅が長野だ。

有栖は、別荘までの道順を書いたメモ用紙を取り出した。

長野で飯山線に乗り替えなければいけない。

有栖は、まだ寝ぼけ眼《まなこ》だった。すべてがスローモーションで動いているような気がした。

確かに、仕事に追われているときとは時間の経ちかたが違うのだった。

時間というのは何だろう?

そんなことを考え始めるときりがなくなってしまう。

人々の祖先は、まず夜と昼のリズムに気がついた。

二十九日ごとに満ち欠けを繰り返す月、季節とともに位置を変える星々――昔の人々は、そういったものに恐ろしく敏感だった。

紀元前二〇〇年ころには、すでに中国で、時計のルーツともいえるものが作られているという話を何かで読んだことがあった。

それは、水の力によって天体の動きを表現するもので、『渾天儀《こんてんぎ》』と呼ばれていた。

やがて、人類は、地球の動きから一日を割り出した。だがこれは漠然とした言いかただ。

いやしくもSFに、わずかにでも手を染める者が、こうした言いかたを自分に許してはいけない――有栖は思った。

太陽が最も高くなる状態――これを南中と言うのだが――を測定する方法がある。太陽の南中から次の南中までを一日とするのだ。これを「太陽日」と呼ぶ。

同様に、ある恒星の動きを観察し、その星が南中してから再び南中するまでを一日とする考えかたもある。これを「恒星日」と呼ぶのだ。

「太陽日」と「恒星日」は同じようだが、実は違う。

地球が自転しているだけではなく、公転しているからだ。太陽の南中から次の南中までを測定する間に、地球は太陽のまわりを約一度も動いてしまうのだ。

一方、恒星はたいへん遠いので、地球のわずかな動きなど問題にならない。

つまり、「恒星日」では、南中から南中まで地球は三六〇度回転するわけだが、「太陽日」では三六一度回転してしまうのだ。

さらには、地球の軌道は円ではなく、わずかに楕円であるため、太陽日の長さは季節によって変化するのだ。

そのため、天文学者は「平均太陽日」というものを作った。一年間の全太陽日を平均した長さを基準にしたわけだ。

実際には、一九〇〇年一月一日からの一年間の時間を基準にすることになっていた。

今や、時間は、天体から離れ、原子や結晶のリズムによって決定されている。

セシウムの放射周期が一秒の定義に採用されているのだ。

ここまでは、時間は一定に流れて行くという前提で検討されてきた話だ。

最近の物理学や数学の世界では、時間の流れは一定ではないという考えが一般化してきた。

そもそも、時間はどこで生まれたのか？

どうやって生まれたのか？

有栖の想像はそこでゆきづまってしまう。物理学者や数学者のように数式をあやつることができないのだからしかたがない。

有栖がぼんやりと考えごとをしているうちに、列車は長野駅のホームに入って行った。

乗り替えまで一時間以上の待ち時間があった。

改札から出てみようかと思ったが、やはり、気分がすぐれず、ホームで列車を待つことにした。

午後二時十一分に飯山に着いた。そこからタクシーに乗らなければならない。

タクシーの運転手に住所を見せると、運転手は、うなずいて車を出した。

二十分ほど走っただろうか、タクシーは、一軒の古びた家のまえに停まった。

有栖はその家を見て、思わず運転手に訊いていた。

「本当にここ？」

「そうですよ」

「間違いない？」

「百瀬《ももせ》さんの家でしょう？　間違いありませんよ」

有栖は料金を払ってタクシーを降りた。

その家のまわりには塀もなかった。代わりに、柿の木やら松やらが植えられている。

栗の木もあって、地面に、いがが落ちていた。

有栖は、しばらくその家をながめていた。

やがて、ぽつりとつぶやいた。

「別荘ね……」

有栖が抱いていたイメージとは大きくかけ離れていた。

それは古い農家だった。平屋《ひらや》で、敷地面積だけはたいへんに広そうだった。

有栖は、急に疲れを覚えたが、とにかくここに泊まるしかないのだ。

彼女は隣りに鍵をもらいに行くことにした。

隣りといっても、五十メートルは離れている。

そこは別世界だった。

きれいに刈り込まれた生け垣がぐるりと四方に巡らされており、その一カ所にアーチ型の出入口が作られていた。

鉄で組まれたそのアーチには白いペンキが塗られ、バラがからまっていた。

生け垣のなかに、瀟洒《しょうしゃ》な洋館が建っている。その洋館も古い物だが手入れがゆきとどいていて、いかにも住み心地がよさそうに見える。

壁は白く塗られているが、定期的に塗り替えられていることは間違いなかった。

両開きの出窓の上にはアーチ型の飾りがついている。

腰折れ屋根に、煙突と、ともすればおとぎ話に出てくるような外観になりがちな建物だが、辛《かろ》うじて上品さを保っていた。

有栖は、生け垣のなかに入って行った。飛び石があり、その両側は芝生だった。

季節柄、その芝生は枯れ草の色をしていた。全体に、セピア色の写真を見ているような感じだった。

ドアの脇についているボタンを押した。

部屋の奥では鐘が鳴るような音が聞こえた。安っぽい電子チャイムの音ではなかった。

しばらくして、もう一度有栖がドアベルのボタンを押そうとしたとき、ドアが内側へ開いた。

有栖はびくっと指を引っ込めた。

ドアのむこうに、あまり背の高くない白人が立っていた。

髪とひげはひどいくせ毛だった。

ビヤ樽のように太っており、年齢は六十を越えているように見えた。ひげは、もじゃもじゃと口のまわりをすべて覆い尽くしている。

額が広く、鷲鼻《わしばな》が特徴的だった。

髪の毛と同じ茶色い目が、無表情に有栖を見つめている。

「あ……あの……。グッドマンさんですか」

相手は、有栖を見つめたまま、かすかにうなずいた。

「あたし、お隣りの百瀬さんの家を二、三日借りることになっている者です。菊池有栖といいます。あの、グッドマンさんが鍵をあずかっておいでだと聞いて、受け取りにやって来たのですが……」

アレックス・J・グッドマンは、有栖が話し終わるまで、何も言わずにじっとしていた。

「あの……」

有栖は不安になって尋ねた。「私の言ってること、わかりますよね」

グッドマンは、ようやく口を開いた。

「もちろんだ」

なめらかな日本語だった。「話は聞いている。待っていなさい」

彼は、悠然と歩き去り、しばらくして、同じように悠然とやって来た。

手にベニヤ板にくくりつけられたいくつかの鍵を下げていた。

グッドマンは、黙ってそれを差し出した。

有栖は受け取った。五つの鍵がぶら下がっている。

「他に何か？」

「あ……。いえ、ありがとうございました」

グッドマンは、またかすかにうなずくとドアを閉めた。

終始にこりともしなかった。

気難しい学者だと聞いてはいたが、これほどとは思わなかった。

まあいいわ、と有栖は思った。どうせ、鍵を返すときまで会うことはないだろうから。

それから、有栖は、玄関で、すべての鍵を試さなければならなかった。

ようやく玄関を開けて、家のなかに足を踏み入れた。

そこは土間だった。玄関を入ってすぐ左手に廊下があり、ずっと先まで続いているのが見える。

廊下は黒光りしていた。廊下の左側は長い長い縁側になっており、右側には障子がずらりと並んでいる。

土間の真正面のつきあたりに、かまどの跡があった。

廊下の右隣りにある障子を開けて、有栖はしばしたたずんだ。

なかの様子をゆっくりと見回す。驚きの表情がいつしかほほえみに変わっていた。

障子のむこうは、囲炉裏《いろり》を切った板の間だった。

太い梁《はり》から自在鉤《じざいかぎ》が下がっており、それに鉄の鍋がかけられていた。

柱も梁も黒っぽくいぶされている。落ち着いた色だった。有栖は、その深い色合いにしばし魅《み》せられていた。

土間は、囲炉裏の部屋のむこうの台所まで続いている。

台所と囲炉裏の間は障子で仕切られていた。

台所はひんやりとしていた。プロパンガスを使うガステーブルがあったが、有栖は囲炉裏を使うことに決めていた。

土間から囲炉裏の間を通り過ぎると、六畳間が横にふたつ並んでいた。古いふすまで仕切られている。

同様に、そのむこうには、八畳間がふたつ並んでいた。

南側の六畳間と八畳間は廊下に接している。

廊下は九〇度に折れる。

その角がトイレだった。

九〇度曲がってつきあたりが、風呂となっていた。

鍵のうち、ふたつは縁側の鍵、ひとつは風呂場の横手にある裏口の鍵であることがわかった。

残るひとつは、納屋か何かの鍵に違いなかった。

トイレはありがたいことに水洗だったが、いかにも田舎のトイレという感じで暗かった。二十ワットの裸電球が明かりだった。

風呂は、ストーブをたいて湯をわかさねばならない。おがくずを固めた円筒形の燃料がストーブの脇に積んであった。

幼いころ、九州の実家がこんな風呂だったのを思い出した。

浴槽はコンクリートにタイルを貼りつけた物だった。洗い場に木のすのこが敷いてあった。

北側、つまり奥のほうの六畳に仏壇があった。

南側の六畳にはこたつがあり、茶箪笥《ちゃだんす》が置かれている。テレビもこの部屋にあった。百瀬家の人々がこの家に来るときは、この六畳を居間として使うのだろう。囲炉裏の間はほとんど使われていないに違いない。

有栖は、とりあえず、囲炉裏に火を入れることにした。土間に、針金でくくられた薪《まき》が積まれている。

いざ薪に火をつけようとすると、なかなか難しいのがわかった。有栖はバッグのなかにあった週刊誌を破いてたきつけに使ったが、薪に火が移らないうちに紙が燃えつきてしまうのだ。

それでも何度か繰り返すうちに、ようやく薪を燃やすことができた。

薪の燃えるにおいは不思議と安らぎを感じさせてくれた。あたたかなにおいだった。

薪を足して、ふと顔を上げたとき、有栖はふと何かの気配を感じたような気がした。

思わず彼女は振り返っていた。

何もいるはずはなかった。

有栖は小さく肩をすぼめ立ち上がる。今度は、風呂に水を張るのだ。

廊下を渡って、一番奥の風呂場に向かう。
そのとき、また背後に何かいるような気がした。
そっと振り向く。無人の廊下。
気のせいだ、と思うことにして、風呂場に向かった。

4

有栖は明かりをつけずに縁側にすわり、暮れていく空を眺めていた。

縁側の外は、東京にいるときにはすっかり忘れていた色をしている。

夕日が沈むころに、あたりは紫から青に変わる。何もかもが夕闇に染まり始めるのだ。

街の明かりがないため、夕暮れの本来の色を見ることができた。

手を出せば、その青さに触れることができるような気がする。

有栖は実際に手をさしのべてみた。手が色濃い青さに溶けたように見えなくなってきつつある。

闇というのはこういうふうにやって来るものなのだということを実感した。

寒くなってきたので縁側のガラス戸を閉め鍵をかけた。

囲炉裏の鍋ではクリームシチューが煮えていた。

ひとり分にしては量が多かったが、残ったら翌日また食べればいいと有栖は思っていた。

毎日違った物を食べなければならないという法律はない。有栖は外食が多いせいか、そういう点には無頓着だった。

囲炉裏はあたたかかった。

落ち着くと、体のだるさを感じた。昼間は、物珍しさと旅に出たうれしさで、不快感はうすれていた。

「風邪引いちゃったかな……？」

有栖は声に出してつぶやいた。「それとも過労かな？」

彼女は膝をかかえて、クリームシチューの入った鍋を見つめていた。

「いっぱい食べて、あったかくして寝れば平気よね……」

ひとり暮らしを始めて間もないころは、自分がひとり言を言うなんて図は想像もできなかった。

今は気がついたら、ごく自然に誰かに話しかけるように、ひとり言をつぶやいていることがよくある。

彼女は、台所の戸棚に食器を取りに行った。

とにかく食べられるだけシチューをおなかに入れた。

缶詰めのシチューの素《もと》を使って作ったのだが、味は悪くなかった。何よりあたたかいのがいい。

食器を洗うと、風呂釜のストーブに火を入れに行った。昼間、薪に火をつけているので何とかなる自信はあった。

おがくずを固めた燃料は、薪よりずっと火がつきやすかった。

しばらくストーブのなかで燃える炎をながめていた。

今、有栖は、ただ生活するためだけに動いていた。

生活というのは、本来これだけ手間のかかるものだったのだ。

そして、それは楽しくさえあった。

考える時間はたくさんあったが、東京にいるときほどいろいろなことを考えはしなかった。

生まれて、こういう生活を続け、年老いて死んでいく人が世界中にはたくさんいるのだと思った。

自分はたまたま、そういう生きかたを選択しなかっただけなのだ——彼女はそう考えた。

それがよかったのか悪かったのか、彼女にはまだわからない。

どのくらいで風呂がわくのかわからなかった。

有栖は風呂場と囲炉裏の間を何度か往復して湯加減を見なければならなかった。

暗い廊下を歩くのは、さすがに怖かった。

幼いころは、大人になれば暗闇など怖くなくなるものだと思っていた。

だが、いつまで経っても暗闇は恐ろしいものだった。

スイッチひとつでどこでも煌々《こうこう》と明かりがともる、マンション暮らしでは経験することのない気味の悪さだった。

有栖は、クラブ活動を終えて、暗くなった学校のなかの不気味さを思い出した。

トイレのまえの角を曲がろうとしたとき、また何かいるような気がした。

昼間はそれほど気にならなかったが、今度はまったく別だった。

ただでさえ気味の悪い廊下の暗闇のなかだ。

有栖は、この家へ来て初めて生々しい恐怖を感じた。

振り返るのが怖かった。

しかし、振り返らずにいるのはもっと恐ろしい。

有栖は、今来たばかりの暗い廊下をおそるおそる観《み》た。

何もいないのだとわかっていた。

それでも恐怖感は去らない。

「やだなあ、もう……」

つぶやいて有栖は風呂場へ急いだ。

湯加減はちょうどよかった。

有栖は急いで廊下の角まで来て、今度は、長い廊下を渡らず、左手の障子を開けて八畳間へ入った。

天井から下がっている細いひもを引くと、蛍光灯の明かりがともった。すごくまぶしく感じた。

明かりをつけたまま、隣りの六畳へ行くふすまを開ける。茶の間になっている六畳だ。有栖はその部屋に荷物を置いていた。

茶の間の明かりもつける。

そのとき、ようやく気がついた。

こうして、南側の六畳間と八畳間の明かりをともせば、障子を通して廊下に明かりが洩《も》れ出て、廊下は明るくなるのだ。

有栖は、急に気が楽になった気がした。

何かいるような気がするのも、体調が悪く、神経質になっているせいだと思うことにした。

タオル、パジャマ、替えの下着、シャンプー、石けんなどを胸にかかえ、有栖は風呂場へ行った。

風呂場は寒かった。浴槽の蓋でよく湯をかき回し、手桶で湯を肩から何度かかけた。

すのこにも湯をかける。

有栖は、幼いころ——まだ古い家に住んでいたころの風呂の入りかたを思い出していた。

そんなことをまだ覚えていることにびっくりした。

体が冷えないように、洗い場と湯舟のなかを何度か往復するのだ。

ふと母親に髪を洗ってもらったことを思い出した。

有栖は母の膝の上にあおむけになって洗髪してもらっていた。天井から顔に水滴が落ちるときのあの驚きまで思い出していた。

あれはいくつくらいのときだったろう?

「黒くてしっかりした髪だこと……」

母はそう言って有栖の髪をほめた。

そんなことはすっかり忘れていた。

最近では、固くていたみやすい髪だと、自分でうんざりしていたのだった。

風呂から上がると、南側の八畳間に布団を敷き、六畳の居間でドライヤーを使った。

風呂に入れば疲れも取れると思ったのだが、期待していたほどではなかった。

顔に肌荒れ防止のクリームを塗ると、文庫本を持って八畳間へ行った。布団のなかで何か読むのが習慣だった。

有栖はフレドリック・ブラウンの『発狂した宇宙』を持って来ていた。

布団に入り、三ページも読み進まないうちに、目が疲れ、頭が痛くなってきた。

肌がぴりぴりする感じが強まったような気がする。

「こりゃ、ヤバイかなあ……」

有栖はつぶやいて、文庫を閉じ、明かりを消した。

布団にもぐり込むと、確かに体が熱っぽいのがわかった。

「一晩ぐっすり眠ればだいじょうぶよ……」

自分で自分に言い聞かせた。

ほどなく有栖は眠ったが、健康なときの坂を下るような寝入りかたではなかった。

夢と現実の間を、ふわふわと漂いながら行き来し、眠っては目覚め、目覚めては眠りを繰り返しながら、次第に深い眠りに入っていったのだ。

熱を出したときの感覚だった。

どのくらい眠ったろう。有栖は、がたがたと震えながら眼を覚ました。

頰だけが、ぼうっと熱い。

彼女はもう一枚毛布を足すために、起き上がって押し入れへ行こうとした。だが、体が重くて動かない。

呼吸がひどく速く、苦しかった。

そのときになって、彼女は、自分がひどい熱を出していることに気づいた。震えが止まらない。

彼女は必死になって起き上がり、毛布を引っ張り出してきた。

明かりをつけると、風景が妙な感じに見えた。魚眼レンズでものぞいているような気分だった。

めまいがした。

彼女は明かりを消し、布団へ入った。すぐに汗をかき始めた。

呼吸はだんだん荒くなってくる。

寝汗にじっと耐えていると、意識がまた夢の境界線を漂い始めた。

いろいろな夢を見たが、人物も風景もはっきりとした形を成さない。断片的な声や形が浮かんでは消えていくのだった。

そのうち、突然、すうっと体が横滑りするような感覚があり、有栖はびくりと身を震わせて目を覚ました。

実に妙な感じだった。高いところから落下する感じとか、つまずいて転びそうになり、驚いて目を覚ますとかいう感じは時折経験するが、体全体が真横に平行移動する感じなど初めてだった。

気がつくとパジャマが汗でじっとりと濡れている。

「取り替えなくちゃ……」

有栖は亀のようにのろのろと這って布団から抜け出した。

とたんに体が冷え、また震えがきた。長旅のつもりではないから、替えのパジャマなど持って来ていない。

有栖はしかたがないのでスウェットの上下を着て布団に戻った。シーツも取り替えたほうがよさそうだったが、もうそれ以上動けなかった。

着替えだけで、体力と気力を使い果たしてしまったのだ。

ひどく心細くなってきた。

今、有栖がここにいることを知っているのは、福岡にいる両親と、隣りに住む偏屈そうな白人だけだった。

このまま死んでしまっても、誰も気がつかないに違いないと有栖は思った。

心細さは不安感に変わっていった。

不安感は動悸を呼び、さらに不安感をつのらせた。

高熱時特有の、夢とも現実ともつかない意識の漂泊は続いていた。

何もかもが現実感を欠いている。

「ああ……。やっぱり何かいるな……」

ふいに有栖はそう思った。

恐怖感はなかった。夢のなかで第三者として自分を見つめ、感想を洩らしているあの感じだった。

確かにそのとき、有栖は、何かが動き回っているのを感じたのだった。

姿形は見えない。

ただ、空気というか闇というか、そういった実体のないものが凝り固まって動いているように見えたのだった。

「何だろう、あれ……」

そうつぶやいている自分は、現実の自分なのか、夢のなかの自分なのかわからなくなっていた。

闇のゆらぎは、もそもそと動いて部屋のなかを移動していた。

逃げ出したほうがいいかな?

そう思ったとたん、手足が動かなくなっていた。

首を動かそうとしてもだめだった。

声も出ない。

唐突に恐怖感がやってきた。

漂う意識のなかで、有栖は必死にふたつのことを考えていた。

西田さんに電話しよう。

ビショップに助けてもらおう。

それも、夢のなかの自分が考えているのか、目覚めている自分が考えているのかわからない。

ただ、すさまじい恐怖感と苛立ちがあった。

まったく体が動かせず、声も出ない。

西田さんに電話しよう。

ビショップに助けてもらおう。

闇のゆらぎは、そろそろと動き、布団のまわりをゆっくりと移動している。

目を閉じても、それが見えていた。

西田さんに電話しよう。

ビショップに助けてもらおう。

人間の恐怖感には、生命の危機とは無関係のものもあるんだわ——有栖は、意識のどこかでそんなことを考えていた。

そこだけは妙に冷静だった。

すべての生命体は死の恐怖を前提として生きている。でも人間は、悪夢に対する恐怖というのがある。

おそらく、犬や猫も夢は見るけれども、悪夢の恐怖におびやかされ、睡眠までをも恐れるようになることはないだろう……。

あたし、何考えているのかしら？　頭がおかしくなっちゃったのかしら？

そう思うと恐怖感が増した。

体はまだ動かない。

西田さんに電話しよう。

ビショップに助けてもらおう。

突然、例の横滑りする感覚がやってきた。今度は前回より長く、はっきりと感じられた。

有栖は思い続けていた。

西田さんに電話しよう。

ビショップに助けてもらおう。

西田さんに電話しよう。

ビショップに助けてもらおう。

西田さんに……。

ビショップに……。

5

有栖は真っ白い光のなかで目を覚ました。

いつの間にかぐっすりと眠っていたようだった。

有栖が白い光と感じたのは、障子のせいだった。

障子を通して差す朝日がこんなに柔らかいものだとは思ったこともなかった。

腰のあたりが重苦しかった。

熱はまだあるようだったが、ほとんど微熱といってよかった。

夜のうちにたっぷり汗をかき、熟睡したのがよかったようだ。

有栖は、もう一度パジャマになるようなものを探すため、布団から抜け出して、バッグのなかをかき回した。

スウェットのトレーナーがあった。

彼女は、ちょっと大きめのトレーナーだけを着て間に合わせることにした。

敷布団とシーツは取り替えなければならなかった。

まだ少しふらふらするが、気分はよかった。昨夜の出来事はすべて夢だったという確信があった。

人間はなぜかはっきりと目覚めているとき、過去の経験を夢であったのか、現実の出来事であったのかを区別できる。

どこにその判断の基準があるのかはわからない。

一貫した論理性だろうかと有栖は考えたことがある。

しかし、論理的に矛盾のない夢ならいくらでも見ているはずだ。それでも、たいていはそれが夢であることがわかる。

夢のなかでは、出来事やキャラクターがデフォルメされているからだろうかと考えたことがある。

しかし、必ずしもそうは言いきれない。実に現実味のある夢というのもよくあるのだから。

いったいどうやって、一般の人々は夢と現実の区別をつけているのだろう?

そして、なぜその判断について疑問を感じないのだろう。

これは、有栖が常々考えている問題のひとつだった。

「とにかく、変てこで、いやな夢だったな……」

有栖はつぶやいた。

敷布団を替え終えたとき、土間のほうの障子が開いた。

有栖はびっくりして振り向き、身動きが取れなくなった。

その瞬間、トレーナーだけで、太股から下が露《あら》わになっているという、刺激的な恰好をしていることも忘れていた。

障子を開けて現れた男の顔に、有栖の視線は釘づけになっていた。

有栖は石になってしまったようだった。

「西田さん……」

彼女は、ようやくそれだけつぶやいた。

「やあ」

西田はほほえんだ。

有栖はまたびっくりした。彼女はこれまで西田のほほえみなど見たことはなかった。

いや、正確に言うと、何度か笑顔は見ているはずだが、有栖のなかでその印象が抹殺されていたのだ。

西田は常に有栖に対しては、厳しい表情しか向けていない——そういう観念ができ上がっていた。

西田のほほえみはやさしかった。

なぜだか有栖は涙が出そうになった。

「目が覚めたかい。調子はどうだい？」

西田が言った。

有栖はようやく自分の恰好に気づいた。彼女はあわてて、トレーナーのすそを押し下げて言った。

「うそ！　どうして、西田さんが……」

有栖の様子を見て西田が言った。

「失礼。障子を開けるまえに声をかけるべきだったたな。いいから、まだ寝てなさい。あれだけの熱を出したんだ。まだ下がりきってはいないはずだ。さ、布団に入って」

有栖は、とにかく言われたとおりにした。

すると、頭のなかがますます混乱してきた。

「どうして西田さんがここにいるんですか？」

そう尋ねながら、これは夢ではないかと思った。

しかし、さきほど、はっきりと目覚めたという自覚があり、しかも、夢と現実の区別について考えたばかりだ。

夢を見ているとき、それが夢であるかどうかの判断はついただろうか？

有栖は考えた。

どうだったか正確に思い出すことはできなかった。だが、これが夢ではないという確信はあった。

だが、信じられない事実が起こっている。

とすると、やはりこれは夢なのだろうか？

夢ではないという確信など、実はたいへんいいかげんなもので、何かの拍子に、また障子ごしの朝日のなかで目覚めるのかもしれないなどと考え始めていた。

「何だ、まだ熱に浮かされているのか？」

西田は言った。「ゆうべ、電話をくれたじゃないか。驚いて、車を飛ばして来たんだ。なかなか場所がわからなくて苦労したんだぞ」

「電話？　あたしが……？」

「そうだよ。何だ、覚えてないのか？　まあ、ひどい熱だったからな……」

「あたし、電話で、何を言いました？」

今度は西田が眉をひそめた。

「本当に何も覚えていないのか？」

「夢のなかで……」

「夢？」

「ええ……。夢のなかで、何度も西田さんに電話しようと思ってたのは覚えてるんですけど……」

「たぶんそれは夢じゃなく、熱に浮かされて本当にそう思っていたんだ。君はそのとき、実際に電話したんだよ」

有栖には納得できなかった。

しかし、その言葉どおり信じるしかなかった。実際に西田は目のまえにいるのだ。

本当にこれは夢ではないのだろうか？

それを確かめる方法はないのだろうか？

有栖は思った。

よく、夢のなかで頬をつねると痛くない、と言われる。戯画化されたテレビドラマなどでよくやる、パターン化されたエピソードだ。

有栖は、西田から見えないように、布団を深くかぶり、本当に自分の頬をつねってみた。

痛かった。

しかし、これが何の証明になるだろう——有栖は思った。

夢のなかであっても、つねれば痛いのだという意識が働く限り、痛さは感じるのではないだろうか？

痛みを感じた夢というのを思い出してみようとした。

だが、そんなものを簡単に思い出せるはずもなかった。

確かなことはひとつあった。実際に、けがをしていたり、腹痛を起こしたりして痛みを感じているときは、夢のなかでも同様に痛みを感じていることがよくあるということだった。

痛みに限らず、渇き、尿意、寒さなどもそうだ。

つまり、結局、今、自分の見ているものが夢なのか現実なのかは確かめることはできないということだ。

「じゃあ……」

有栖は言った。「あたし、本当に電話したんですね」

「そうだよ」

「でも、どうやってこの家のなかに入ったのですか？　全部鍵をかけてあったはずです」

「僕が電話で指示したじゃないか。玄関の鍵を開けておいてくれって。君はそのとおりにした。玄関は開いていたよ」

「あたしは意識もないまま電話をかけて、そのうえ、玄関の鍵まで開けに行ったと言うんですか？」

有栖は、さすがに気味が悪くなってきた。

西田は考え込んだ。

「おそらく、こういうことだろう」

しばらくして彼は言った。

「人間、必死になると、信じられない行動を取るものだ。君は、すさまじい高熱で意識も朦朧《もうろう》としたまま僕のところに電話をかけてきた。正確にダイヤルを回して、だ。君は、半ば意識を失いかけていたから、僕の言葉がちょうど催眠術のような効果をもたらした。君は僕の言うとおりに動いた」

「西田さんは電話であたしに何と言ったんですか？」

「とにかくすぐに行くから、玄関の鍵だけ開けておいてくれ。そして君はすぐに布団に入って休むんだ――確かにそう言ったはずだ」

「それで私はそのとおりにした……」

「そう。問題はその後だ。君は意識を失うほど深く眠り、そのことを忘れてしまったんだ」

「そういえば、ずっと夢と現実の間をふらふらしていたような気がします」

「僕にも何度か経験があるよ」

「本当ですか？」

「うん。もちろん、熱を出してじゃないがね。ひどく酒に酔ったときなど、翌朝気がついたら、自分のベッドで寝ているんだが、どうやって帰って来たのかはまったく覚えていない。酒を飲むやつなら誰でも経験していることだと思うがね」

「誰かに送ってもらったんじゃないんですか？」

「いや。ちゃんとひとりで帰って来ているんだ。そのときは、ひどく酔って意識はひどく不鮮明なのだが、意外にやるべきことはちゃんとやってるんだ。……で、眠っちまうと、完全にそこんところの記憶がなくなってしまう。酔っていた間のことは断片的に覚えているのだけれど、実際にあったことか、それとも眠っている間に見た夢かの区別はつかない」

有栖は最後の一言にこだわりたかった。

「それで、夢か現実かの区別はどうやってつけるのですか？　何かその方法はあるんですか？」

「ない」

「それじゃあ、どうするんですか？」

「どうもしない。そのままさ。どうせ、僕が酔っぱらっているときは、まわりも酔っぱらっている。酒の席でのことをいちいち取沙汰《とりざた》するやつはいない。後日、いろいろなやつから、『おまえ、こんなこと言ってたぞ』とか『こんなことやってたぞ』とか言われて、ああ、あれは夢じゃなかったんだと思うくらいが関の山だね」

「そうですね……」

「とにかく、だいぶん熱も下がったようだし、こうして、僕はここにいるんだからいいじゃないか?」

有栖はうなずいた。

「何だか、夢のような気がして……」

それは、ロマンチックな意味で言ったのではなかった。

言った後で、有栖は西田に誤解されなければいいがと思った。

「とにかく、もう少し休むことだ。もうじき、朝食の用意ができるはずだ」

「はずだ……?」

「そう。ゆうべ、夜遅く、道がわからないんで、ちょうど窓に明かりが見えた家に寄って尋ねたんだ。それが、お隣りさんだったんだ」

「お隣りさんて、アレックス・グッドマンていう物理学者でしょう?」

「さあ……。名前までは聞かなかったな。恰幅のいい紳士だった」

「ひどく無愛想じゃありませんでした?」

「とんでもない。事情を話すと、心配していっしょに来てくれて、てあてを手伝ってくれたんだ」

とても信じられなかった。

「てあて?」

「ああ。あの人は、西洋人なのになぜか中国の道教に詳しくてね……。そのせいもあってか、漢方医学の解熱法を知っていたんだ」

「どうやるんです？」

「西洋医学では熱を出したら頭を冷やすだろう？　逆に漢方医学では蒸しタオルなんかを使って首筋をあったためるんだ。そして、どんどん発汗させて熱を下げる」

「それをあたしに……」

「ああ、ふたりでね」

「すいません、本当に」

「なあに。そのおかげで熱が早く下がったんだ。朝食を用意するというのは、実は彼のほうから言い出したことなんだ」

有栖は正直言って、あの無愛想なグッドマンに会うのはごめんだった。

しかし、あのグッドマンがてあてをしてくれたうえに朝食を用意してくれるなど、考えられないことだ——有栖はそう思った。

そういえば、不思議なことはもうひとつあった。

有栖は今、西田のことを恐れてはいなかった。

それは西田の態度のせいだった。こんなに打ちとけて、やさしく有栖に語りかける西田を見るのは初めてのような気がした。

何よりも、きょうの西田はあまりに饒舌《じょうぜつ》だった。

西田は八畳間にずかずかと入って来た。

「さ、シーツやパジャマを洗濯してしまおう」

彼は、布団の脇に丸めてあった、汗でよごれた衣類に手を伸ばそうとした。

そのなかには下着も混じっているはずだった。

有栖はあわてて上半身を乗り出し、そのシーツやパジャマの固まりを両手でおさえた。

「あの、これは、あたしが後でやりますから……」

西田は怪訝《けげん》そうな顔をした。

有栖は、その無神経さに、一瞬腹が立った。自分の汗にまみれた衣類を平気で男の人に手渡す若い女がどこにいるだろう。

この人は、そんなことも理解できない男だったのだろうか?

それとも、私のことを、まったく女として見ていないのだろうか?

「本当に、あたし、自分でやりますから」

有栖の声音《こわね》に、怒りがこもっていた。

西田は言った。

「そうか……。いい天気だから、早いところ洗濯を済ましちまおうと思ったんだがな……。じゃあ、そっちの布団だけでも干してこよう」

さすがに有栖は、その申し出まで断わることはできなかった。

「すみません……」

「なに、いいさ。ゆっくり休むといい……」

西田が布団を取りにすぐそばにやって来た。

そのとき有栖は、何か生理的にぞっとするものを感じた。

嫌悪感ではなかった。むしろ恐怖に近かった。

この人は、西田さんではない。

なぜか、そう感じたのだ。

自分のよく知っている人が、本物ではない。何者かが、その人物になりすまして身近にいる。

それは気味の悪い恐怖だった。

顔、仕草《しぐさ》、服装などは、有栖がよく知っているいつもの西田だった。

だが、有栖に対する態度が一変していた。親し過ぎるのだ。

ここにいる西田は、まるで有栖と自分が、いっしょに暮らしてでもいるように振る舞っている。それが、無神経さとなって表れているのだ。

そんなことがあり得るだろうか？

ここにいる西田が、本当の西田でないとしたら、誰が何のためにやって来たのだろう?

有栖はまた混乱し始めた。

そのとき、土間のほうで、深みのある低い声が聞こえた。

「朝食の用意ができましたよ」

日本語を母国語とする人の発音ではなかった。子音を強く発音する西洋人の声だった。

隣りのアレックス・J・グッドマン博士の声に違いなかった。

「朝食、ここへ運んで来ようか?」

西田が言った。

今や、その心遣いさえ、何だか不気味なものに感じられてきた。

「いえ、だいじょうぶです。起きられます」

「でも……」

「だいじょうぶです。アレックスさんに、お礼も言いたいですし……」

「そうか」

「あの……」

「何だ?」

「起きるんで着替えたいんですけれど」

「ああ……」

西田は妙な顔をした。

有栖はその理由がわからなかった。

西田は言った。

「じゃあ、お隣りさんと、囲炉裏の部屋で待ってるよ」

「はい」

西田は行きかけた。

「あの……」

有栖は声をかけた。

「何だい？」

「西田さんは、何という会社の何という部署で働いているんでしたっけ？」

西田の表情が曇った。

「どうしたんだ、いったい？」

「変なことを訊いてごめんなさい。でも、今、ちゃんと確認したいんです」

「熱の影響を気にしてるのか？　記憶がどうにかなったとか……」

「そんなところです。私の考えていることと、西田さんのこたえが一致するかどうか確認したいのです」

相手がもし、狐や狸、あるいは地球外生物だったら、この問いにこたえられない可能性もある。

西田はうなずいてから言った。

「学英社の『少女コスモ』編集部で働いている。どうだ」

有栖はしばらく間を置いてから言った。

「間違いないわ」

「そりゃよかった」

西田は部屋を出て障子を閉めた。

6

有栖はピンクの丸首シェットランドセーターを着て、ブルージーンズのオーバーオールをはいた。

おそるおそる障子を開ける。

囲炉裏の脇に、西田とアレックス・J・グッドマン博士が立っていた。

ふたりは互いに自己紹介を終えて、何やら話し合っていた。

アレックス・J・グッドマン博士は笑顔を見せていた。

きのうの印象とは、まったく違っていた。

グッドマン博士は有栖のほうを見て、笑いかけた。

「お元気になられたようだ」

これが、きのう鍵を手渡してくれた人と、本当に同一人物なのだろうかと有栖は思った。

「いろいろとお世話になりました。本当に、何とお礼を言ったらいいか……」

「突然のご病気と聞いて驚きました。夜中にたったひとりで病気になったときほど心細いものはありません。私は医者ではありませんが、幸い東洋医学の知識が少しばかりありました」

西田が言った。

「しかし、恩知らずにもこの娘《こ》は、博士の献身的な看病を、まったく覚えていないというのです」

まるで、自分の子供のことを話しているようだ、と有栖は思った。

西田と自分は、それほど親しかっただろうか？

これまで、西田は親愛の情など見せてくれたことがなかった。ふたりの間で交される会話は、ほとんどが仕事のことだった。

自分のことを身内か何かのように話す西田に、またしても嫌悪感を抱いた。

もし、この西田がこれまでどおりの、あるいは本物の西田だったとしたら、ささやかに示された親愛の言葉にも、有栖は幸福感を覚えたに違いない。

「無理もありません」

グッドマン博士は言った。

「とにかくひどい熱でしたから。さ、食事にしましょう。私の家の食堂に用意してあります」

「じゃあ、行こうか？」

西田が有栖に言った。

有栖は西田の目を見ずにうなずいた。食欲はなかったが、何か食べておいたほうが回復が早まるのも確かだった。

せっかく旅行に来て、寝たきりでいるわけにはいかない。

グッドマン邸は、外観にも増して、内装が優雅だった。

へたな装飾は下品な感じにしかならないが、装飾のない部屋も味気のないものだ。

グッドマン邸は、まさに、そのことをよく理解させてくれた。

カーテンとカーペットの配色、壁の絵、家具や多くの写真立て——それらが見事なバランスを保っている。

食堂の床は板張りで、カーテンは清潔な淡いブルーだった。その色はテーブルクロスの色と同じだ。

グリーンのランチョンマットが敷かれ、真っ白い皿とコーヒーカップが置いてある。

映画に出てくるような細長いテーブルで、背もたれの高い椅子がまわりに八つ並んでいる。

テーブルの前後にひとつずつと、左右に三つずつ置かれている。

有栖と西田は、並んで腰をかけた。

グッドマン博士はすかさず、みんなのコップにオレンジジュースを注《つ》いだ。

続いて、フライパンからベーコンを取ってそれぞれの皿にのせ、また別のフライパンを持って来て、スクランブルド・エッグを盛った。

オーブンから、あたためたロールパンを持って来て、バスケットに入れ、最後に、コーヒーサーバーを手にして、それぞれのカップに注いで回った。

グッドマン博士は、有栖の向かいの席にすわった。

「さあ、食べてください」

有栖はうなずいた。

「いただきます」

高熱が去ったばかりで、胃が食べ物を受けつけてくれるかどうか不安だった。さらに、まだ微熱があるらしく、体のだるさが残っていた。

有栖は、オレンジジュースを一口飲んだ。

すばらしい感触で喉を下っていった。

ひどく喉が渇いていることを、そのとき初めて感じた。

有栖は、またたく間にオレンジジュースを飲み干した。

胃袋は拒否反応を起こさなかった。

〈あたしって、つくづく丈夫なんだわ〉

彼女は、今度はスクランブルド・エッグをおそるおそる食べてみた。バターの香りがして、塩加減が絶妙だった。とたんに食欲が出てきた。

「それだけ食べられれば、もう、だいじょうぶですね」

グッドマン博士がにこやかに言った。

「とてもおいしいです」

「それはよかった」

「いつもご自分でお料理なさるんですか?」

「そう。ひとり暮らしですからね」

「ご家族のかたは……?」

「家族はいません。妻はまだ若いころに死にました。それ以来、私は結婚をしていないのです」

有栖は、いけないことを訊いてしまったような気がした。

「居間にあった写真は、すべて天国へいった人々のものですよ。私の父、母、姉、そして妻……。だが誤解しないでください。私は今、淋しい人生を送っているわけでは決してない。私は実に充実している。私は人生を思索に捧げたのです」

「物理学の博士だとうかがっていますが……」

「そうです。宇宙のことを考えるのが、私の仕事です」

「宇宙のこと……?」

「そう。昔、宇宙のしくみを考えるのは天文学者の仕事でした。今は、物理学者の仕事なのです。宇宙の最小単位はどんな物なのか? それはどういう形で存在しているのか? それはどういう力によって結びつけられているのか? その力はもともとひとつの物なのか? そういったことを方程式という杖をたよりにさぐっていくのです」

「杖?」

「そう。われわれにとって方程式は、暗闇をさぐるための杖であり、そこに何があるのかを確かめるための杖なのです。またあるときは、障害をつき破るための武器ともなります」

「物理学の博士が、どうして東洋医学に詳しいのですか?」

グッドマン博士は、食事の手をふと止めて考え込んだ。

失礼なことを訊いてしまったのかな、と有栖は不安になった。

だが、そうではなかった。グッドマン博士は、どうやって説明すべきか、また、どこまで説明すべきかを考えているのだった。

彼は有栖に尋ねた。

「あなたは、宇宙というのはどういう姿をしていると思いますか?」

「え？　そうですね……」

有栖は考えた。ＳＦの要素が強い作品を多く手がけている有栖としては、いい加減なことはこたえたくなかった。「曲がった空間。そう。まるで球の上を直進するように、どこまでも真っすぐにつき進むと、結局はもとのところへ戻ってしまう空間……」

「ふむ……」

グッドマン博士は、ちょっとばかり驚いたように片方の眉を上げ、それから興味深げな笑顔を見せた。

できのよい学生に出会った先生のような顔だった。

「……それから、不思議なほど均一に星々が——そう小宇宙が点在している空間。そして、すさまじい勢いで膨張を続けている空間。その膨張は、宇宙のどの場所から観測しても同じ現象が見られるはずで、遠くにあるものほど速く遠ざかっている……」

「アインシュタインの宇宙観です」

グッドマン博士はうれしそうにうなずいた。

「若いお嬢さんが、そこまでご存じなのは珍しい」

西田が、どこか誇らしげに言った。

「彼女は、有名な漫画家でして……」

「マンガカ……? コミック・ライターのことですか?」

「そうです。それで、SF的な設定の作品を書くので、自然とそういう知識がそなわったのです」

「驚きました。私は、あなたはまだハイスクールの学生かと思っていました」

無理もない、と有栖は思った。

おそらく、ハイスクールというのもひかえめな言いかただろう。

西洋人の目には、日本の若い女性はたいへん若く——ときには幼く映るらしい。

グッドマンは、おそらく有栖を中学生くらいに思っていたに違いなかった。

有栖は童顔で小柄なため、それでなくても若く見られるのだ。

グッドマンは続けた。

「ともあれ、あなたの知識は、われわれ物理学者にとっては馴染《なじ》み深いものです。だが、私たちは、すでにアインシュタインを超えなければならないところまできているのです。量子力学と相対性理論の間にある矛盾——どういうことかは、この場で説明するのはふさわしくないでしょう。この手の話は食堂ではなく、教室や研究所で聞くべきなのですから。まあ、そういう物がある、ということだけ理解してください。そういったものを克服し、宇宙のさまざまな姿をすっきりと説明するために、物理学者の多くは、東洋思想に興味を持つ結果になったのです。私もそのひとりというわけです」

「『タオ自然学』……」

有栖がそっとつぶやいた。

グッドマンはその一言を聞き逃さなかった。彼は、またしてもぱっと顔を輝かせた。

「そうです。フリッチョフ・カプラは『タオ自然学』で、そのことを示しました。私も東洋思想の有用性を強く感じ、ロサンゼルスにいる中国思想家について詳しく学びました。中国の思想のすばらしいところは、中心に『道《タオ》』があり、哲学も科学も医学もそして武術さえも見事にひとつの体系に統一されているということです。そのため、私は哲学を学んだだけでなく、東洋医学も少々身につけることができたというわけです」

有栖は、知識としておぼろげにそういった世界のことを知っていたが、実感していたわけではなかった。

彼女はグッドマン博士と、もっと詳しい話をしてみたいと思った。

きっとこのひげをたくわえた太っちょの物理学者は、私の想像力をかきたててくれるようなことを山ほど知っているに違いない——有栖は思った。

「博士は、どちらの大学で教えてらっしゃるのですか？」

西田が急に俗っぽい話題に切り替えてしまった。

グッドマンは気にした様子もなくこたえた。

「カリフォルニア大学ロサンゼルス校が中心です。日本にいるときは、聖フランシスコ大学で働いています」

「ほう……ＵＣＬＡに聖フランシスコ大……」

西田が何度もうなずいた。

グッドマンは、ふと気づいたように有栖に言った。

「コーヒーをもう一杯いかがですか？」

「いえ、けっこうです。ごちそうさまでした」

「久し振りに楽しい朝食の時間を過ごせました。こう言っては失礼だが、あなたの病気のおかげです」

有栖と西田は、丁寧に礼を言って席を立った。

玄関までふたりを送ったグッドマンが尋ねた。

「有栖さん、いつまでこちらに滞在の予定ですか？」

「あんまりいられないんです。二日後には帰らなければなりません」

「じゃあ、それまでに、パーティーをやりましょう。もしご迷惑でなければ」

「迷惑なんてとんでもない。うれしいです」

「それではまた」

グッドマンがほほえんで言った。

有栖が泊まっている古びた和風家屋のまえに、風景にまったくそぐわない車が駐まっていた。

家を出てグッドマン邸に向かうときには気づかなかった。

ちょうどグッドマン邸と反対側に駐めてあったせいだ。

それは、幌《ほろ》を取り去ったトヨタのセリカ・コンバーチブルだった。黒いボディで、ドアにコンバーチブルと横文字で書かれている。

「あれ、西田さんの車ですか?」

「そうだよ。見たことなかったっけ?」

「最近車を買い替えたんですよね。でも、私の記憶じゃ別の車だったような気がするんですが」

「別の車?」

「そう……。確かマツダのペルソナ……。新しい車だったわ」

西田は笑った。

「そりゃ、君の記憶違いだろう。確かに、僕はセリカにしようか、ペルソナにしようか迷っていた。……で、結局、こっちを選んだんだ」

「車って、買うまえにしばらく貸してくれたりするもんなんですか? その……。気に入るかどうかを試すために……」

「試乗はさせてくれるけどね。いくら最近のディーラーはサービスがいいといっても、購入するかどうかを決めるために試乗車を貸したりはしないだろう。営業車のような大口の取り引き先なら別だがね。どうして、そんなことを訊くんだ？」

「私、西田さんがペルソナに乗っていたような気がしてしかたがないから……」

「何かがきっかけで、考え違いをしているんだろう。そう……。たぶん、夢で見たか何かで……」

「そうでしょうか……」

「そうだよ」

西田はまた笑った。「事実、あのセリカは僕の車なんだから……」

「そうですね……」

そんなはずはなかった。

有栖は、はっきりと覚えているのだ。

西田がいつか原稿を取りに新車のペルソナで有栖のマンションにやって来たことがあるのだ。

話題の新車で、たいへん手に入りにくいということだったので、久美や藍子たちと大騒ぎをしたことがあるのだった。

あれが夢であるはずがない。

有栖はそう思っていた。

では、このセリカは何なのだろう。そう考えると、まったくわからなくなった。

そして、ペルソナではなくセリカを選んだと言うこの西田は、いったい何者なのだろう。

有栖は西田に、一歩遅れてついて行った。

西田は玄関を入り、囲炉裏の間に上がる。

有栖は、そのうしろ姿をじっと見つめていた。

7

風呂の脱衣所に、二槽式の洗濯機があるのを見つけた。

有栖は、シーツやパジャマなどを放り込んで水を入れた。全自動の洗濯機なら、洗剤を注いで、そのままにしておけば脱水までやってくれるのだが、ここにあるタイプはそうはいかなかった。

洗い、すすぎ、脱水とそのたびに水を張ったり、タイマーをセットしなければならないのだ。

じっとしているより気分がよくなるような気がした。

だが、まだ無理は禁物だと有栖は思った。

洗濯を終えたら、またすぐに横になるつもりだった。

水はたいへん冷たく、手はたちまち赤くなってしまった。しかし、有栖はまったくつらいと感じていなかった。

彼女は洗濯が好きだった。家事が好きというわけではない。特に料理は苦手だった。

ひとり暮らしをしているせいで、どうしても料理をする気にはなれないのだ。裁縫もそれほど得意ではない。洗うことだけが好きなのだった。洗濯だけではない。食器を洗うのも好きだし、掃除も好きだった。

西田は、居間で電話をかけている。

何カ所かに電話をしているようだった。

編集者というのは、やたらと電話をかけたがる人種だと有栖は以前から思っていた。編集者から電話番号の入ったアドレス帳を取り上げたら、たちまちパニックに陥るだろう。

有栖は、ふと電話で思いついた。

彼女は、居間の様子をうかがい、西田が電話をかけ終わるのを待った。

西田は、切ってはダイヤルして、短いやり取りをし、また切ってはダイヤルするという作業を繰り返していた。

有栖は、いらいらしながら待った。

洗濯機の回転が止まり、自動的に水が流れ出た。

「すすぎ」の段階に入ったのだ。有栖は、水が抜け切るのを待って、蛇口をひねり、水を出した。

西田の話し声はまだ聞こえる。

水が満ちたので、タイマーを回し、また居間の気配をさぐる。

西田はようやく電話をかけ終えたようだ。彼が外へ出て行くのがわかった。

有栖は廊下を駆けて茶の間へ行き、『少女コスモ』に電話をした。

「はい、『少女コスモ』編集部」

けだるげな声の男が出た。

「あの……、西田さんいらっしゃいますか？」

「西田ですか……。今、出ておりますが……」

「何時ごろお戻りでしょう？」

「きょうは戻らない予定です」

「どちらにお出かけかわかりますか？」

「失礼ですが、どちら様でしょう……」

有栖は迷ったすえ、名乗った。

編集者の声が急に親しげになった。

「何だ、有栖ちゃん？　池谷ですよ」

『少女コスモ』誌の編集長だった。

「あ、どうも……」

「西田のやつ、あなたのところへ行っていると電話寄こしたんだがな……。今、どこ?」

「あの……、信州です」

「でしょう? 西田、行ってない?」

「あ、いえ……。いらしてます」

「どういうこと?」

「あの……」

有栖は必死で頭を働かせた。「西田さんは会社にちゃんと断わって来た、とおっしゃってるんですが、本当かどうか心配になって」

「心配ないよ。ちゃんと出張扱いになってるから」

池谷編集長は、笑いを含んだ声で言った。

「しかし、そこまで気を遣うなんて、やっぱり有栖ちゃんだね」

「は……?」

池谷編集長の声は、妙に意味ありげだった。その言葉の意味も理解しかねた。

「とにかく、西田にはゆっくりしてきていいって言ってあるから。じゃあね」

「はい……。いえ、あの、ゆっくりしてきていいって……」

電話は切れた。

有栖が受話器を置くと、西田が外から戻って来た。

有栖はどきりとした。

「洗濯、終わった?」

「もう少し……」

「電話?」

「ええ……」

「そう……」

西田は居間に入って来て、有栖に近寄って来た。

有栖は身を固くした。

西田の手が伸びてきた。有栖は思わず身を引いた。

西田は意外そうな顔で、さらに手を伸ばした。

有栖は、両手を膝の上で固く握りしめた。

西田の手は、有栖の額に触れた。熱をはかっているのだ。西田の手はひやりと冷たかった。

有栖は背筋がぞっとする思いだったが、じっとしていた。

「まだ少しあるな……。だが、たいしたことはない」

有栖は何もこたえなかった。

彼は再び外へ出て行った。

今では、この西田が、有栖のよく知っている西田とは別人であるという思いがかなり強くなっていた。

しかし、編集長の話は、西田がここへ来ていることを裏付けている。

この男は、誰にも知られず本物の西田と入れ替わったのではないだろうか？

有栖はそう思った。

最後に有栖の住むマンションのロビーで会った西田は、間違いなく本物の西田だった。

その点は自信が持てた。

問題は、この屋敷に来てからだった。ここには、有栖以外に本物の西田を知っている者はいない。

入れ替わるとしたら、ここへ来る途中だと彼女は推理した。

もし、本当に入れ替わったのだとしたら、本物の西田はどこでどうしているのだろう？

偽者の西田の目的はいったい何なのだろう？

そして、さっきの池谷編集長の意味ありげな一言——あれは何だったのだろう？

それとも、これは、単なる被害妄想に過ぎないのだろうか？

自分は頭がおかしくなりつつあるのではないだろうか?

その思いは、突然、耐え難いほどの不安となって有栖を襲った。

有栖はじっとりと手のひらに汗をかいた。首のうしろが冷たくなり、いても立ってもいられない気持ちになった。

「落ち着くのよ、有栖」

彼女は、小さくつぶやいた。「こんなことでおかしくなってたまるもんですか。さ、深呼吸をして……」

彼女は、ゆっくりと大きく呼吸を繰り返した。

遠くでブザーの音がした。洗濯機だった。すすぎが終わったのを知らせるブザーだ。

有栖は立ち上がり、風呂場に向かった。洗濯機に流しっぱなしにしてあった水道の水を止め、洗濯物を脱水槽に移した。

脱水が始まると、有栖はまた、考え始めた。

あの西田はいつ帰るつもりだろう?

そう思って、有栖は、はっとした。もし、今夜泊まるなどと言い出したら、この家でいっしょに夜を過ごすことになる。ふたりきりで……。

この家は典型的な和式の家屋なので、部屋は障子やふすまで仕切られているだけで、鍵をかけることができない。

新たな恐怖感が増した。

大きな音をひとしきり立てて、脱水槽が止まった。

有栖は洗濯物を引き出して、脇についている籠に入れて、廊下へやって来た。

縁側を出たところに、物干しがあった。

パジャマやトレーナーはそこに干した。

下着は、八畳間のなるべく目につかないところにぶら下げておいた。

西田にそれを見られているところを想像するだけでも、ぞっとした。

時計を見ると、まだ午前中だった。

仕事柄、どうしても起床が遅くなる有栖は、午前がずいぶん長く感じられた。

西田の姿が見当たらなかった。

有栖は、彼に、「きょうのうちに帰ってくれ」とはっきり言う覚悟を決めた。

彼女は外へ出て、西田を探した。

西田は車のところにいた。グローブコンパートメントからロードマップを取り出し、しきりに地図をながめていた。

有栖に気づくと彼は言った。

「やあ……。ここがどのあたりか確認してたんだ。ゆうべは、迷ってずいぶん回り道をしたり、行ったり来たりを繰り返したもんでね……」

「これから、お帰りですか？」

西田は、地図から目を上げ、有栖を見た。

それは西田がよくやる仕草《しぐさ》だった。

原稿に目を通しているときなどに、有栖が何か言うと、今のように、目だけを動かして顔を見るのだ。

（こいつは、本物の西田の癖までまねしている）

そう思うと、腹が立ってきた。

「帰りゃしないよ」

有栖が非常識なことでも言ったように、鼻で笑いながら西田は言った「せっかく来たんだ。このあたりで名所でもないかと思ってね……」

「私はもうだいじょうぶですから……」

「そうか？　じゃあ、明日はドライブにでも出かけよう」

「あの……」

有栖はきっぱりと言った。「急に電話で呼び出したのは申し訳なかったと思っています。来ていただいたことにもお礼を言います。でも、私は、ひとりになりたくて旅に出たんです」

「ひとりにね……」

西田はロードマップに目を戻した。にやにやと笑っている。

「そうです。みんなから離れたかったのです。特に、西田さんから……」

今度は、西田も驚いた顔をした。

「僕から……」

「ええ……。というより、お仕事のことを一日でも二日でも忘れたかったんです」

「それなら問題ない」

西田はまた余裕を取り戻した。「ここにいる間、僕は仕事の話を一切しない。それでいいだろう?」

今度は有栖が驚く番だった。

仕事の話をしない西田など想像もできなかった。

「そういうことじゃないんです」

「じゃ、どういうことなんだ」

「同じ屋根の下に、男と女がふたりっきりっていうのは問題でしょう?」

「何を言い出すかと思えば……」

西田は苦笑した。「今までお互い忙し過ぎて、なかなかこういう時間が持てなかったんだ。せっかくのチャンスじゃないか」

有栖は頭に血が昇るのをはっきりと感じた。彼女の目は怒りでぎらぎらと光った。

「冗談じゃありません。あたし、そんなつもりなんてありませんから」

彼女はくるりと背を向けて、家のなかに戻った。

軽く見られたような気がして、口惜《くや》しくてしかたがなかった。

〈人を何だと思ってるのかしら〉

あまりの怒りに涙がこぼれそうになった。また熱が上がりそうな気がした。

有栖は、オーバーオールとセーターを脱ぎ、パジャマ代わりのトレーナーを着た。短めのミニスカートくらいの丈があった。しかし、有栖は、妙に危険を感じ、その上からオーバーオールをはいて、布団にもぐり込んだ。

頭の上まで布団をかぶった。

西田が話しかけてきても、いっさい返事をしないつもりだった。

やっぱり、あれは本物の西田さんじゃない。西田さんがあんなことを平気で言うわけがない——有栖は思った。

本物の西田さんはどこへ行ったのだろう。西田さんや私は、何かの陰謀に巻き込まれてしまったのだろうか？

だとしたら、それはいったいどんな陰謀なのだろう。

有栖はただの漫画家でしかない。

確かに漫画家というのは特殊な職業であり、有栖の場合、かなり人気があるほうだ。

だが、彼女は自分が、犯罪とか陰謀とか謀略とかいったものと関係があるとは思えなかった。

作家や漫画家が、知らないうちに、ある組織——例えば国家の重大機密を作品のなかに描いてしまう、というようなエピソードはよく語られる。

だが、実際にはそういったことは滅多にない。

顔も声も仕草《しぐさ》もそっくりな偽者。それでいて、はっきりと別人とわかる偽者。

それは、面だけをつけて、別人になりきっているつもりの狂人を見るような一種の不気味さがあった。

いったい何者なんだろう——有栖はむなしくその問いを繰り返した。

そのとき、昨夜の金しばりを思い出した。

身動きができないで苦しんでいるとき、闇のなかで動くものを見たような気がした。闇そのものの密度が増して動いているような感じだった。

有栖は、それを夢だと思った。

金しばりにあうというのは、たいていは目覚めているときのような気がするが、本当は夢を見ている状態のときであることを彼女は知っていた。

しかし、と有栖は思った。

あれは夢ではなくて、あの影のようなものが、本物の西田と入れ替わったのだとしたら……。
有栖は背筋がぞっとした。本当に寒気がした。
この家に着いたときから「何かいる」と感じていたことを思い出した。
もしかしたら、本当にいたのかもしれない――有栖は想像した。
それは、常識を超えた生き物なのではないか?
例えば、影のように姿もなく動き回り、好きなものに姿を変えることができる。
密かに侵入した、地球外生物……。
有栖は、布団のなかで体を丸めた。
本当にそうだとしたら、目的は何だろう?
私の捕獲だろうか?
それとも、私と入れ替わること?
そこまで考えて、有栖は、はっとした。
地球外生物はすでにこのあたり一帯を支配しているのではないだろうか?
そして、近づく人間と入れ替わってどんどん静かな侵略を続けているのだ。
隣りのアレックス・J・グッドマン博士も偽者という可能性もある。
もともと想像力が豊かなほうなので、有栖の想像はどんどん広がっていった。
本物の人間たちは殺されたのだろうか?

頭の片隅で「まさか、そんなことが」と考えていた。

しかし、あの西田は、有栖が知っている西田でないことは、ほぼ間違いないのだ。

地球外生物の入れ替わり説を、有栖はひとつの仮説としておくことにした。

それ以外に考えられることはないか、彼女は思案した。

恐怖にとらわれているせいか、それ以外のことは考えつかなかった。

問題は、どうやったらその仮説を確かめられるか、そして、どうやって自分は逃れるかという点だった。

8

廊下から障子を叩く音がかすかに聞こえた。

「開けていいかな?」

西田の声だった。

有栖は返事をしなかった。布団のなかで身を固くしていた。

西田はしばらくためらっていたようだが、静かに障子を開けた。

「眠ってるのか……?」

有栖は声を出したくなかった。黙っていた。

西田が部屋に入って来る気配がした。

有栖は、その無神経さに腹を立てると同時に、恐怖を感じていた。

この西田は、得体の知れない生き物なのかもしれない。

西田が近寄って来たので、有栖は勇気を振りしぼって、ぱっとそちらに振り向いた。

「何だ、起きてるんじゃないか……」

有栖は、西田を睨むように見つめていた。

「何て顔をしてるんだ」

西田は言った。「まだ気分が悪いのか?」

有栖は何も言わない。

西田は溜め息をついた。

「どうも、さっきから何か君が怒っているような気がしてしかたがないんだがな……。僕は何か気に障《さわ》るようなことでもしたかな?」

そのときには、もう有栖は横を向いていた。

「何度も言いますけど、あたしはひとりになりたいんです」

今度は西田が怒り出すかな、と有栖は思った。

真夜中に電話で信州まで呼び出しておいて、看病をさせ、もうだいじょうぶだから帰ってくれと言っているのだ。

とんでもないわがままな話だ。

しかし西田は怒らなかった。

「わかった。体調が悪いときは神経質になるものだからな……」

有栖はまた西田を見た。

そして勇気をふるい起こして言った。

とになる。

「あたし、今の西田さんがまるで別人のような気がしているんです」

危険な一言だった。有栖が『入れ替え』に気がついているということを説明したことになる。

有栖は緊張して西田の反応をうかがった。

「別人のようだって……?」

西田の顔には複雑な表情が浮かんだ。困惑したり、何かをごまかそうとしたりはしなかった。

ただ、何事かを思案するような表情になった。

西田は、考え込んだまま訊き返した。

「どうしてそう思う? どこが違うように感じるんだ」

有栖の胸は高鳴っていた。

もしかしたら、話題は核心に迫りつつあるのかもしれないのだ。

この瞬間の一言ひとことはきわめて重要だった。

有栖は言った。

「西田さんとあたしのお付き合いは、確かにずいぶん長いですけれど、それはあくまで仕事上のお付き合いだったはずでしょう?」

西田は黙っている。

有栖は続けた。

「あたし、西田さんは、個人的にはあたしなんかに興味がないんじゃないかと思っていたんです。会うときは、たいてい仕事の話しかしなかったし……」

「そうだったかな……」

西田は思案顔のままだった。

「それなのに、ここへ来たとたん、西田さんは、妙にあたしに親しげにするじゃありませんか。そう……、無遠慮なほどに……」

「それがおかしいと言うのか？」

「おかしいです」

「やっぱり、何かあったんだろう」

「何かって……、どういうことですか」

西田は、小さくかぶりを振った。

「いや、話すのは今でなくていい。君はひどい熱を出したばかりで、たぶん精神的にも不安定な状態にあるんだと思う。元気になったら、また話し合おう」

やさしい声だった。

有栖は、偽者とわかっていながら、一瞬、西田からやさしい言葉でささやかれた気がして、感激しそうになった。

くる」

「食料はひとり分しかないんだろう？　それに酒もない。僕は車で買い出しに行って

西田は言った。

彼はあくまでもこの家に泊まる気でいる。

有栖はその点についてはあきらめることにした。これ以上何を言ってもこの男は取り合ってくれないだろう。

「あの……」

有栖は、半ば無駄なことだと思いながら、言った。「お願いですから、あたしがいないと言ったとき以外はこの部屋に入らないでください。ここはあたしの部屋ということにしておきます。つまり、独身の女の子の部屋なんですから……」

西田は、しばらく無言で有栖の顔を見つめていたが、やがて言った。

「わかった。そうしよう」

西田が出て行き、しばらくすると、車のエンジンがかかった。車が走り去る音がする。

これから西田の出方は変わるだろうか？

今のうちにこの家を逃げ出して、東京へ帰ろうかとも考えた。

その誘惑は強かった。

とにかく、今の状況から逃げ出すことだけはできる。

一刻も早く、この訳のわからない世界を抜け出して、自分のマンションに戻りたくなった。

彼女は、もう少しで、本当に起き上がり、帰り支度を始めるところだった。

しかし、彼女は考え直した。

たとえ東京に帰っても、何の解決にもなりはしないのだ。

偽者の西田は、いずれ、有栖の住む東京のマンションにもやって来るだろう。

有栖は、今、何をすべきかを考えた。

自分がまだ本当の自分でいるうちに、今のこの気持ちを誰かに伝えておくべきだ
――彼女はそう思った。

そして、親しい人間に、今自分がいる場所を教えておくべきだと考えた。

それが何の役に立つかは正確にはわからなかった。とにかく、有栖は、そのとき、そんな気がしたのだった。

彼女は布団から起き出して、居間へ行った。

彼女は、藍子の家へ電話した。

ダイヤルしながら、きょうは何曜日だろう、と有栖は思った。

何曜日だろうと、藍子は家にいることが多いはずだった。フリーのアルバイターと言っているが、実質上は家事手伝いなのだ。

五回、呼び出し音が鳴り、相手が出た。

「はい」

藍子の声だった。

「藍子？　あたし。有栖よ」

一瞬、息を呑むような音が聞こえた。それだけで藍子は何も言わない。

「ちょっと、藍子、聞いてるの？　ね、話したいことがあるの」

わずかの間。

ようやく藍子が言った。

「よく電話してこれたわね」

「え……？」

「今さら、何の話があるっていうのよ？」

「ちょっと……。いったいどうしたっていうの？」

「どうした、ですって？　どこまであたしをなめれば気が済むの？　ふざけんじゃないわよ、まったく」

「私にはわからないわ……」

「冗談じゃないわよ。あたしは正直に生きてますからね。世間に転がっている友情ごっこなんてできないのよ。幸せになってね、有栖、なんて死んだって言えませんからね」

「ほんとに、何のことを言ってるの？」

「ばか！」

藍子は本気で怒鳴った。「もう二度と電話なんかしてこないで！」

すごい勢いで電話が切れた。

有栖は訳がわからないながら、ひどくショックを受けていた。叩きつけるように電話を切るという、その相手の自分に対する憎しみに衝撃を受けたのだ。

有栖はしばらく茫然《ぼうぜん》としていた。

いったい何が起こったというんだろう？

彼女は気を取り直して、久美に電話した。久美は、午前中ならたいてい部屋にいるはずだった。

二回の呼び出し音で久美が出た。

「久美？　あたし、有栖よ」

「有栖？　今どこよ」

「この間言ったでしょ？　旅に出るって。信州にいるのよ」

「ひとり?」

「最初はね……」

「今は違うと……」

「ちょっと事情があってね……」

「事情があって、西田さんといっしょにいると、こういうわけね」

有栖は驚いた。

「どうして知ってるの?」

「あてずっぽうよ。だって、考えられるとしたら、それしかないじゃない」

「ちょっと聞いてほしいのよ。今、藍子に電話したら、あいつ、何だかすごく、あたしのこと怒ってんのよ」

「あんた、藍子んとこに電話したの?」

久美が驚きの声を上げた。

「あたしが藍子に電話すると、変?」

「どういう頭の構造してんのよ」

「ねえ、いったい何があったっていうのよ。教えてよ」

「有栖。寝ぼけてるのなら、早く目を覚ましなさい」

「寝ぼけてなんかいないわよ」

「じゃあ、頭がおかしくなったんだわ」

有栖の心臓が一度だけ跳ねた。

「ねえ……。ひょっとしたら、本当にそうかもしれないのよ……」

「まあ、もとから、あんた、ちょっとおかしかったけどね」

「藍子は、あたしのことをかんかんに怒っている。……で、久美はその理由を知っている。なのに、あたしは何も知らない……」

久美はしばらく間をおいてから言った。

「ちょっと、有栖。今回のことについちゃ、あたしだって藍子の味方よ。何も知らないって言い草《ぐさ》はあんまりじゃない」

「ねえ、ちょっと聞いて」

「何よ」

「あたし、ゆうべ、ものすごい熱を出したらしいの。そのとき、ほとんど意識を失っていたようなのね。それで、けさになると、熱は下がったんだけど、何か変なのよ」

「何が変だっていうの？」

「まず、第一に、西田さんがやって来たこと、西田さんは、夜中にあたしが電話したと言うんだけれど、あたしは、まったくそんな覚えはないのよ」

「意識が朦朧とした状態で電話したんじゃないの？　愛《いと》しい西田さんなんだから」

「よしてよ……。で、第二に、その西田さんがどうも変なのよ。様子がおかしいの」

「様子がおかしいって、どういうふうに？」

「何というか……。妙にやさしいのよ」

「ばかばかしい。聞いてられないわね」

「ちょっと……。あたし、まじめに言っているのよ。とっても気味が悪いんだから。まるで、別の人が西田さんに化けているみたいな気がするの」

「別の人が化けてる？」

「そう。そうとしか思えないの。あたしと、すごく親密な態度を取りたがるのよ。あたしが寝ている部屋に、平気で入って来るのよ」

「有栖……。藍子だけじゃなくて、あたしまで怒らせる気？」

「え……？」

「まあいいわ。まだほかに何かあるわけ？」

「この家の隣りにグッドマンという物理学者が住んでいるんだけど。きのうときょうじゃ、印象がまるで違うのよ。これも、また、まるで別人みたいなの」

「ほ、ほう……」

「きのう会ったときは、すっごいつっけんどんだったわけ。ここに来るまえに、その人の評判を聞いていたんだけど、やっぱり、ひどく偏屈な人だって言われていたの。

でも、けさになったら、すごく愛想がよくなっちゃったわけ。人当たりも柔らかいし、やさしいし……。朝食まで用意してくれたのよ」

「何が言いたいの？」

「それで、あたし考えたの。この一晩のうちに何かが変わったのは確かなのよ。何か得体の知れない生物がいて、ゆうべのうちに、西田さんやグッドマンさんと入れ替わってしまったんじゃないかと思ったの」

「今からこの電話線を通って、あなたをぶっとばしに行きたいわ」

「わたし、真剣に言ってるのよ」

「得体の知れない生物が西田さんやお隣りの外人さんと入れ替わった――そんな話を真《ま》に受けろというの？」

「そうとしか考えられないの。何もかもがきのうと違い過ぎるんだもん。それで、いつこのあたしも同じことになるかわからないでしょ。だから、まだあたしが本物のあたしでいる間に、このことを誰かに伝えておきたかったのよ」

「……で、選《よ》りに選って藍子のところに電話したと……」

「友だちだもん。かまわないでしょ？」

「友だち？　友だちが、ようやくうまくいきかけていた男を寝取ったりするわけ？」

「寝取る……？」

「あきれた。藍子は本当に西田さんのことが好きだったのよ。あたしに言わせれば、あんたより真剣に西田さんを愛していた。でも、西田さんは、あんたを選んだ。あんたがホテルを予約して西田さんを誘った夜、さすがのあたしも、開いた口がふさがらなかったわね」

「ホテル……？　西田さん……？　いったい何なの、それ？」

「それで、あんたは早々と西田さんと婚約をしてしまった……。あたし、密かに思っていたわ。今回の信州行きは婚前旅行なんじゃないかって……。案の定だったわね」

有栖は完全に混乱していた。

「婚約？　あたしと西田さんが？　冗談じゃないわ……」

「冗談じゃないというのは、こっちの台詞《せりふ》よ。あんた、そういうことしてると本当に友だちなくすよ。まあ、今は西田さんさえいればいいのでしょうけどね」

有栖は心を落ち着けるのにしばらく時間が必要だった。

「いい？　これはふざけているわけでも、何でもないの。さっき言ったことも真剣だし、これから言うことも嘘じゃないわ。何に誓ってもいいわ。あたしね、藍子と西田さんの関係も、西田さんを奪ったことも、西田さんと婚約したことも、まるで知らないの。あなたは、別の菊池有栖の話をしているわ」

しばらく間があった。久美は考えているようだった。

「いいえ。あたしが話したのは、あたしたちがずっと付き合ってきた菊池有栖の話よ。あんたね、まわりの人が全部入れ替わったなんて言ってるけど、もっと単純な説明を考えつかなかったの？」

「もっと単純な説明？」

「そう。あたしに言わせりゃ、入れ替わったのは、有栖、あんたひとりだけよ。あんたと西田さんは肉体関係もあるんだし、婚約もしている。親密に振る舞うのは当たりまえじゃない」

「あたしが入れ替わった……？」

有栖は久美の言葉に、激しく動揺した。確かにそのほうが、すべてに筋が通っているのだ。

久美が言った。

「有栖。あんた、時計を持ったうさぎを追っかけなかった？」

「え……」

「あんたのお気に入りの言いかたをすれば、今のあんたは、あたしの知ってる有栖じゃないわよ」

有栖は現実感を失った。

知らぬうちに彼女は電話を切っていた。

9

有栖は電話をまえにして長い間すわっていた。

何も見てはいなかった。

頭のなかがしびれてしまったようで、まとまったことを考えられない状態だった。

これまで有栖は、自分以外の人間が入れ替わった、という仮説に基づいて物事を考えていた。

それが、久美の一言で根底からひっくり返されてしまったのだ。

〈西田さんやグッドマン博士が入れ替わったのではなく、替わったのはあたしのほうだというわけ？〉

有栖はぼんやりと考えていた。

〈あたしは今、いったい、どこにいるの？　ここは、ゆうべたどり着いた、父の友人の別荘ではないの？〉

そんなはずはなかった。

どこもかしこも、きのう見たのといっしょだった。

〈東京へ帰ったらどうなるだろう〉

その思いが、また有栖を不安にさせた。

東京では、有栖を巡って、まるで有栖が予期しなかったような事件が起きているのだ。

東京も有栖にとっては別の世界なのだ。

まわりの人は、皆、有栖が知っている人間だ。そして、彼らも有栖のことを知っている。

だが、彼らは、同時に、有栖が知っている人々とは別人であり、彼らにとっては有栖も別人なのだ。

おそらく両親ですらそうだろう。

そう思うと有栖は、孤独感を覚えた。いまだかつて感じたこともない寂寥《せきりょう》感を伴った激しい孤独感だった。

西田の有栖に対する態度は、まったく妥当なものだったのだ。

西田が有栖の態度を不審げな目で見つめていたのを思い出した。

考えてみれば、それも当然のことだった。

婚約者の態度が、理由もなく急変したのだ。西田が面食らうのも無理はなかった。

〈あたしが、西田さんと婚約……〉

有栖は、あらためてそのことを考えてみた。まったく実感がわかなかった。まして、友だちの藍子を裏切ってまで西田を自分のものにしたなど信じられない話だった。

皆が密かに打ち合わせをして、自分をだましているのではないだろうか？

有栖はそう考えてみた。

そうであってほしいと願っていた。

あるいは、これは悪夢の一種であって、自分はもうすぐ目を覚ますのかもしれないと考えた。

でなければ説明がつかない。こんな理不尽な話はなかった。

何が起こっているのか切実に知りたかった。

有栖は、寒気を覚えた。微熱はまだ完全に下がりきってはいない。

彼女は、ずいぶんと長時間、同じ恰好ですわっていることに気づいた。

彼女は、また布団に入ろうと、立ち上がった。

そのとき、またきのうと同じく、何かがいる気配がした。

有栖は、囲炉裏の間へ出て、障子を開け、土間の様子を見た。

〈どうせまた何もいないに決まっている〉

彼女はそう思っていた。

きのうは何度も同じことを試しているのだ。

だがそうではなかった。

土間から台所へ上がる障子の陰へ、さっと隠れたものがいた。人か獣かわからなかった。その背中の一部だけが一瞬見えた。

有栖は、実際に何かがいたということに驚き、ショックを受けた。

その背中は、茶褐色の毛で覆われていたように見えた。

だが獣とは限らない。獣毛の衣服をまとった人間かもしれないのだ。

一瞬でよくわからなかったが、それは二本足で駆けていたように有栖は感じた。

有栖の手のひらには汗がにじみ、呼吸は速くなった。

「誰？　誰なの？」

有栖は勇気を振りしぼって声をかけた。

彼女はあたりを見回した。武器になりそうな物はないかと探しているのだ。

土間に、百二、三十センチばかりの、棒が立てかけてあった。太さは、直径三センチばかりある。

まだ、玄関に鍵を取りつけていなかったような時代に、しんばり棒として使っていた物だった。

有栖はおそるおそる土間に降りて、その棒を手に取った。

かまどの跡のほうを睨む。

そちらへ進むのはたいへんな度胸が必要だった。

しかし、このまま放っておいて、正体のわからないものの影におびえ続けるのは、さらに耐え難かった。

いたずら好きの猿か何かが、留守中にどこかから忍び込み、有栖の目から逃げ回っているだけなのかもしれない――彼女はそう考えた。

非現実的なことはもうたくさんだった。

有栖は、かまどの跡の方向、つまり、土間から台所へ上がる障子のある方向へ、一歩足を踏み出した。

〈あたしを守って、ビショップ〉

有栖は、神に祈るように、その言葉を繰り返していた。

いつからかそれが習慣になっていた。

有栖にとって、ビショップは、すでに架空の人物ではなくなっていた。

自分が創り出したキャラクターが、有栖のなかで次第に成長し、現実味を帯びてきていた。

ちょうど信仰篤《あつ》い人にとっての神のような存在だ。

神は信じる人には、本当に存在するのだ。

有栖は、神経を、台所のほうに集中させていた。

かすかな音も、聞き逃すまいとしていた。まったく音はしなくなっていた。

一瞬見えた、毛むくじゃらの背中——あれは幻だったのだろうか。

有栖は、また自分の精神状態を疑いそうになった。

〈そんなことはない〉

有栖は思った。〈あたしは幻覚なんかを見ているんじゃないわ〉

彼女は、また一歩、台所のほうへ近づいた。

台所は、土間と囲炉裏の間に、障子を隔てて通じている。

あとの二方は、壁になっている。正確に言うと、北側には流し台がついていて、その上方に窓があり、さらに、窓の上に棚が作ってある。

西側は、壁だ。

有栖は、さらに一歩進もうとした。

そのとき、うしろから肩をつかまれた。

有栖は声を上げて、飛び上がった。もう少しで気を失うところだった。腰が抜けかけていた。

振り向くと、アレックス・J・グッドマン博士が立っていた。

彼はひどく驚いた顔をしていた。有栖の反応に仰天したのだ。

「これは失礼……」

彼は驚きの表情のまま言った。「こっそりと何かをなさっているように見えたので、私も遠慮して声を出さなかったのです」

有栖はまだ心臓がどきどきしていた。

グッドマンの姿を見て、全身の力が抜けていくような気がしていた。

「いったい何をなさっていたのですか？　棒などを持って……」

「何かいたんです」

「何か？」

「ええ……。きのうから、何となくそんな感じがしていたんですが、さっき初めて、体の一部を見かけたんです」

「ほう……。どんなやつでした」

「どんなって言われても……。ほんの一部を一瞬見ただけなんで、はっきりしたことは何もわからないんですけれど……」

「その体の一部というのは？」

「たぶん背中だったと思います。焦《こ》げ茶色の毛で覆われていました。かなり大きかったのです。おとなの人間くらいの大きさがあったように見えました」

「フム……」

グッドマン博士は、開けっぱなしになっている囲炉裏の間の障子や、土間の天井、台所へ続く障子戸などを見回した。

「あの……」

有栖はおそるおそる尋ねた。「このあたりに猿は多いんですか？」

「猿ですか？　あまり見かけたことはありませんね」

「いったい何だったのでしょう……」

「ちょっと、私が見てきましょう」

グッドマン博士が恐れる様子もなく台所の様子を見に行った。

有栖はグッドマン博士のうしろ姿を見つめていたが、やがてこわごわ、彼に近づいて行った。

「キッチンにはいないようですね……」

グッドマン博士が言った。

「そんな……。確かにそこの戸口から台所へ上がるところを見たんです」

「じゃあ、こっちへ逃げたんだ」

グッドマン博士は靴を脱いで台所へ上がり、囲炉裏の間のほうを指差した。

確かに、台所と囲炉裏の間とを仕切っている障子が三十センチばかり開いていた。

すると、正体不明の生き物は、有栖のすぐ脇の部屋に潜んでいたことになる。

有栖はそれを知って背筋が寒くなった。

「鳴き声……？」

「鳴き声を聞きませんでしたか？」

「そう。ゆうべとか……」

「昨夜は、ああいう有様《ありさま》でしたので……」

「お寝《やす》みになるまえは？」

「気づきませんでした」

「まあ……。都会からいらしたかたはしばしば驚かれるが、それほど恐れることはありません」

「あの……。何なのですか？」

「あなたもご存じでしょう。日本には古くからいたらしいですからね」

「あの……、ご存じって……？」

「まあ、心配いりませんよ。しばらく人気《ひとけ》がなかった家に、人間がやって来て面食らっているのでしょう」

外で車のエンジン音がした。

車は停車し、やがて、ドアを閉める音が聞こえた。

グッドマンは、その音に耳を傾けていた。

「西田さんは、お出かけだったのですね」

「ええ……。ちょっと買い物に……」

「今、戻られたようですね。ちょうどよかった……」

玄関に、スーパーマーケットかコンビニエンスストア風のビニール袋を三つぶら下げた西田が現れた。

「……どうしたんです?」

西田は、棒を持った有栖とグッドマン博士を見比べて尋ねた。

「いえ……、あの……」

有栖が言い淀んでいるとグッドマン博士が代わって言った。

「彼女は、この家のなかに何かいる、と言ってひどくおびえているんですよ」

「何かいる……?」

「ええ。たぶん、ほら、例の鵺《ぬえ》らしいのですがね……」

有栖は、グッドマン博士の顔を見てから、西田の顔をうかがった。

鵺というのは、頭は猿、体は狸、尾は蛇、手足は虎という妖怪だ。

もちろん、そんな妖怪が実在するはずはない。伝説上の怪物だ。

源頼政が、仁平三年（一一五三年）に宮中に現れたところを退治したという記録が残っている。

また時代は下り、安永三年（一七七四年）にもまた京都御所の屋根に現れ、「手車を引くような声」で鳴いたという話も伝えられている。

しかし、実話であろうはずがない。いずれも人間の恐怖心や想像力が創り上げた伝説に違いなかった。

西田もそのことは充分に心得ているはずだと有栖は思った。

しかし、西田の反応は有栖が予想していたのとはまったく違うものだった。

彼は、笑って言った。

「ああ、鵺《ぬえ》ですか……」

「この家は、古い純日本式ですからね。住みつきやすいのでしょう」

「まあ、鵺ならそう心配することもないでしょう」

このふたりにとっては、鵺という有栖にとって未知の生き物が当たりまえの存在なのだ。

まるで狸か何かの話をしているようだ。

有栖はすでに悟っていた。鵺はこのふたりだけでなく、有栖が今いる世界の誰にとっても当たりまえの妖怪なのだろう、と。

例えば今、久美に電話をかけてこう尋ねるとする。

「あんた、鵼って知ってる？」

すると久美はこうこたえるはずだ。

「何言ってんのよ。まさかあんた、知らないなんて言い出すんじゃないでしょうね。勘弁してよ」

有栖は思った。

鵼というのはいったいどんな生き物なのだろう？

伝説のとおりの恐ろしい恰好をしているのだろうか？

人間に危害を加えるようなことはないのだろうか？

彼女はよっぽどふたりに尋ねてみようかと思った。

しかし、結局訊くことはできなかった。自分が珍奇の目で見られる恐れがあったからだ。

〈この世界にいる限り、この世界の常識に従っていたほうがよさそうだ〉

有栖はそう判断したのだ。

〈それにしても〉

有栖は考えていた。〈この世界っていったい何なのだろう。どうして、あたしはこんなところにいるのだろう〉

「パーティーの相談をしておこうと思いましてね」

グッドマン博士は西田と有栖の顔を交互に見ながら言った。「ここへやって来たら、有栖さんが勇ましく棒を構えていたのです」

西田は笑った。

「そうですか。どうやら彼女は僕が思っていたより気が強いらしい」

西田は有栖のほうを見なかった。有栖は、西田の態度がさきほどとは少しばかり変わったような気がした。

親しげな態度はひかえようとしているようだった。

彼は彼なりに気を遣っているのだ。ただ、何をどう気遣えばいいかわからず迷っているのだ。

とりあえず無難なのは有栖とある程度の距離を置くことだと考えたに違いない。

有栖は西田に申し訳なく思い始めていた。

最初、この西田は有栖の世界に侵入して来て、有栖をひっかき回す存在だった。

今、あらためて考えてみると、有栖のほうが侵入者なのだ。

「あすの夜はいかがですか?」

グッドマン博士が尋ねた。

「僕は問題ありません」

西田は有栖を見た。グッドマンも有栖のほうを見た。

考えごとをしていた有栖は、何をこたえていいのかわからなかった。

「え……？」

西田が説明した。

「グッドマン博士のパーティーだ。あすの夜はどうか、とおっしゃってるんだ。君の体調が心配なんだよ」

「あ……。だいじょうぶです。あすにはすっかり良くなっていると思います。あの……。お手伝いができることがあったら言ってください」

グッドマン博士はほほえんでうなずいた。

「では、あすの夜に……」

彼は去って行った。

西田とふたりきりになると、ぎこちない沈黙に包まれた。

「それ……、冷蔵庫に入れてきます」

有栖は西田がぶら下げているビニール袋に手を伸ばした。

「いい。僕がやる」

西田は、さっと有栖の脇をすり抜けて台所のほうに向かった。彼は、背を向けたまま言った。

「君は寝ていたほうがいい」

有栖は、その瞬間に、よく知っている西田を感じた。この西田は、やはり本物だったのだ。有栖の気まぐれに、腹を立てているのかもしれなかった。

そう思うと、有栖は、いつも西田に感じるような恐れとわずかな悲しみを感じた。

10

西田は台所で煮炊きをしていた。

日が暮れかかっている。

包丁がまな板を叩く音、湯のわく音、そして、あたたかな香りが流れてくる。

有栖は、うとうととしては目を覚まし、うとうととしては目を覚ましを繰り返した。

そのうち、また現実と夢の区別がつきにくくなってきた。

さきほどまでの出来事は、やはり夢で、今度目覚めたときには、何の変哲もないもとの世界へ戻っているかもしれない。

有栖は半覚醒の状態でそんなことを考えていた。

台所で炊事をしているのは誰だろう？

母かもしれない。

今、あたしは、小学生のころに戻っているような気がする。

風邪を引いて、学校を休んでしまったのだ。

日暮れどき、母が夕餉《ゆうげ》の支度をしている。

もうじき、父が勤めから帰ってくるはずだ。父は心配して、あたしの様子を見に来るに違いない。

そういえば、猫がいたはずだ。三毛猫で、名前は……、名前は、えーと……、そう、ミーコだ。

何か近寄って来たわ……。

毛むくじゃらだわ……。

父が顔をのぞき込んでいるのかな？

いや父の顔がこんな毛だらけのはずはない。父の手足にふさふさと毛がはえているわけがない……。

するとこれは、猫のミーコなのだろうか？

でも、ミーコはこんなに大きくない……。

こんなに大きくない……。

有栖は、そこで目を覚ました。

見たことのない獣が自分を見下ろしていた。

その獣は、いたちがするように、二本足で立っていた。

腹部の毛は白く、あとは茶褐色の毛で全身が覆われている。

妙に人間臭い顔つきをしている。鼻面が突き出していないせいだ。下等な猿か、あるいは、シーズーなどの小型犬の顔に近い。

尻尾はネズミの尾のように細く、毛が生えていなかった。

有栖は、二度三度と目をしばたたいた。

彼女はつぶやいた。

「鵼だわ、こいつ……」

有栖は、自分の声を聞いて現実感を取り戻した。

彼女は悲鳴を上げた。

鵼は、驚いたことに二本足のままで、ぱっと有栖のそばを離れ、部屋の隅で丸くなった。

西田が台所から飛んで来た。

有栖は布団から跳ね起き、夢中で西田にしがみついた。

「どうしたんだ?」

「あ……、あれ……」

有栖は、顔を西田の胸に押しつけたまま、後方を指差した。

西田が有栖の両腕をやさしくつかんで言った。

「何だ……。鵼か……」

西田の手は、有栖の腕を離れ、ゆっくりと背に回ってきた。「心配することない。すぐに出て行くさ」

「この家から追い出して！」

「だいじょうぶだよ。そんな必要ないよ」

「あたしの顔をのぞき込んでいたのよ。もういや！」

今は、有栖は完全に西田の腕のなかに抱かれていた。

「どうしてもと言うなら、座敷わらしを探さなくちゃあなあ……」

有栖はその一言を聞いて我に返った。

〈ここは、あたしがいた世界じゃないんだわ〉

同時に、西田に抱かれていることに気づいた。

反射的に有栖は西田の胸を押しやった。

西田は、一瞬、むっとした表情をしたが、すぐにそれを押し隠した。

「座敷わらしを見つけて、鴉を追い出してもらうかい？」

「いいえ……」

有栖はうつむいて言った。「その……。鴉が別に危険じゃなければ……」

「だいじょうぶだよ。座敷犬くらいに思っていれば……。もうじき夕食だ。せっかくだから囲炉裏端で食べるとしよう」

西田は台所へ行った。

鴇は部屋から出て行ったらしく、すでに姿が見えなかった。

〈座敷わらしを探して鴇を追い出すですって？〉

有栖は心のなかでつぶやいた。〈冗談じゃないわ。これ以上訳のわからないものを見たくなんかないわよ〉

目覚めても、やはりもとの世界に戻っていないことを知って、有栖は一瞬泣き出したい気分になった。

〈いったいどうしてこんなことになっちゃったの？　ビショップ、助けてよ〉

彼女は切実に祈った。

そのとき、枕もとに置かれている文庫本が目に入った。

昨夜、寝付くまえに読んでいた本だ。

フレドリック・ブラウンの『発狂した宇宙』だった。

初めは、ぼんやりとながめていたが、そのうち、彼女ははっと目を見開いて『発狂した宇宙』を見つめた。

〈こたえはここにあった……〉

彼女は思った。

フレドリック・ブラウンの『発狂した宇宙』は、平行宇宙——いわゆるパラレル・

ワールドを扱ったSF小説の代表作のひとつだった。

私は何かの拍子で、別の宇宙に飛び込んでしまったんだわ——有栖はそう考えた。

何もかもそっくりだけれど、少しずつ違っている世界——それは、平行して流れる別の時空ということで説明がつく。

ただ、説明はつくが、どうしたらいいかわからない。

この世界にいたはずの有栖はどこへ行ってしまったのだろう。私と単に入れ替わっただけなのだろうか?

それとも、無数に走る平行宇宙の列を、いっせいに横断する形で、全部の有栖がずれてしまったのだろうか?

そして、最大の問題点は、どうやったらもとの宇宙、もとの時空に戻れるのかということだった。

有栖は、『発狂した宇宙』にそのこたえを発見しようとした。読みかけの残りの部分を一気に読んでしまおうとした。

「めしができたぞ」

囲炉裏のほうから、西田の呼ぶ声が聞こえた。

「はい……」

有栖は生返事をして、『発狂した宇宙』を読み続けた。

主人公の異世界での波瀾万丈の冒険談はどんどん飛ばして読んだ。著者のフレドリック・ブラウンが知ったら、気分を害するに違いないが、この際勘弁してもらうしかなかった。

「おい……」

西田が障子の外から声をかけた。

有栖は、はっとした。

「夕食を食べないのか？」

「ごめんなさい。今行きます」

西田は去って行った。

有栖は迷ったすえ、文庫本を持って囲炉裏の間に行った。

「料理はあまり得意じゃないんだが……」

西田が言った。

「あ、すいません。あたし、よそいます」

「いいよ。病人は気を遣わなくていいんだ」

「すいません……」

ご飯にみそ汁、肉入り野菜炒め、真空パックのミートボールという献立だった。

「下宿住まいの学生みたいなメニューだろう」

西田が言った。

「……でも、おいしいです」

嘘ではなかった。

有栖はきれいに平らげた。

「もういいのか?」

「ごちそうさま。おなかいっぱいです」

「じゃあ、お茶でも入れよう」

西田は、ふたりの食器を持って台所へ行った。

「すいません……」

有栖は小さな声で言った。

西田が台所に行くと、さっそく文庫本を取り出して読み始めた。

物語は最後のクライマックスを迎えていた。主人公は、命をかけて、もとの自分が生まれ育った宇宙へ帰ろうとするのだ。

有栖は落胆した。その方法は、やはり現実離れしているように思えた。

別の宇宙への移動のしかたが有栖のケースとまるで違っていた。ものすごく劇的なのだ。『発狂した宇宙』はフィクションだから、それで当然という気がした。

それに——と有栖は思った。

この物語は、私たちの世界で読まれているのと違っている可能性もある。似ているが、ストーリーの一部や、しかけの一部などが異なっているかもしれない。

結局、有栖は『発狂した宇宙』はすぐれた物語ではあるけれども、実際の問題解決の役には立ちそうにないという判断を下した。

第一こんな体験の参考になるような書物が存在するはずはなかった。わらにもすがりたいという気持ちが、過大な期待となっていたのだ。

有栖は本を閉じて、炉端に置いた。

西田が盆に、急須《きゅうす》と湯呑みを持って戻って来た。

「あ、フレドリック・ブラウン。『発狂した宇宙』……」

「ん？　何だい、その本は？」

「ほう……」

「西田さん、これ、読みました？」

「読んだよ。ずいぶん昔だから、内容ははっきり覚えていないけど……」

「SF雑誌の編集者がある事故で、パラレル・ワールドの別の宇宙へ行っちゃうという話です」

西田は、お茶を注いで、湯呑みを有栖のまえに置いた。有栖は小さく頭を下げた。

「そうだ。思い出したよ」

西田は言った。

「あの……」

「何だい？」

「もし、本当にこの小説のようなことが起きたら、西田さん、どうします？」

「何だって？」

西田は笑った。

「西田さんが、何かの拍子に別の宇宙にまぎれ込んじゃうんです」

「僕がか？」

「そこは、ほとんどもといた世界と変わりないんです。仕事も同じ、周囲の知人も同じ、ただ、少しずつ違った出来事が起こったり、ちょっとだけ違った習慣があったりするんです」

「そうだな……」

西田は考えた。「おそらく、何とかもとの世界に戻れないかと、いろいろ考えるだろうな」

「どうやったら戻れると思います？」

「そんなことわかるわけないよ」

「何か、こう納得いくようなアイデア、ありません？」

「何だい。新作のプロットでも考えてるのかい?」

「ええ、まあ……」

「うーん。といってもなあ……。そういう状況なんて想像もつかないしなあ……」

「そう……」

有栖はうつむいた。「そうですよね……」

西田はそんな有栖の様子をじっと見ていた。彼はまた、昼間のような複雑な思案顔になった。

その表情のまま西田は言った。

「そういう話を聞くなら、うってつけの人がすぐそばにいる」

「え……?」

有栖は頭を上げた。

「グッドマン博士だ。彼は物理学者だ。最近の物理学はそういうことも研究対象にしているはずだ」

有栖は一瞬目を輝かせた。しかし、西田が自分を観察するような目で見つめているのに気づき、すぐに目を伏せた。

西田は黙って有栖を見つめた。

気まずい沈黙だった。

有栖は湯呑みを取って、お茶をすすった。

「有栖」

やがて、西田が言った。

「はい……」

「今の話……。ただの作品のアイデアの話じゃないだろう」

西田は、有栖の表情の変化を見つめ続けていた。

「いえ、そんなこと……」

有栖は言いかけて西田の目を見た。

不思議なもので、この西田も本物の西田だと思い始めたとたんに嫌悪感はなくなっていた。

西田の目は真剣で厳しかった。彼に対する恐れが頭をもたげた。有栖がもといた世界で西田に感じていた漫画家の編集者に対する恐れと同じものだ。

有栖は再び目を伏せた。

「どういうことなのか、話してみないか？」

有栖は黙っていたが、やがて下を向いたまま話し始めた。

「あたし、西田さんと婚約をしているんですよね」

「少なくとも僕はそのつもりでいたんだがな……」

「あたしと西田さんは、深い関係にもなっている……」

「何だ。後悔しているのか？」

「そういう問題じゃないんです。あたしは、ここにいるあたしは、そんな経験をしていないんです」

西田が眉を寄せた。

「どういうことだ？」

有栖は顔を上げた。

「あたしは、その……、西田さんと肉体関係も持っていなければ婚約もしていないんです。そして、ゆうべ熱を出したとき、電話をかけた覚えもありません。あたしは、西田さんがよく知っている菊池有栖じゃないんです。きっと何かの拍子で、この宇宙のあたしと入れ替わってしまったんだと思います」

西田は、何も言わず、じっと有栖の顔を見つめていた。

「あたしの世界では、西田さんは、もっと怖い人なんです。お隣りのグッドマン博士も、偏屈で気難しい人のはずです。そして、あたしのいた世界では、鵼とか座敷わらしなんていう妖怪はあくまで想像上の生き物なんです」

西田はまだ何も言わない。

「こんな話、信じられないかもしれませんよね？　でも、本当のことなんです」

西田は溜め息をついた。

「気が変わって、僕と結婚する気がなくなったのなら、素直にそう言えばいいんだ」

「違うんです。そういうことじゃなくって、あたし、本当に別の世界へ入り込んでしまったようなんです」

西田は、怒りを露わにした。

「なめるのもいい加減にしろ。これまで、いろいろな言い訳を聞いてきたが、こんなばかげた話は初めてだ。君は友だちの藍子から僕を奪い取りたかっただけなんだ。手に入れたら、もう興味がなくなったというわけだな」

有栖は西田の怒りに圧倒されてしまった。

「そんな……」

「もういい」

西田は立ち上がった。奥の六畳間に入り、ふすまをぴしゃりと閉ざした。

有栖は無性に悲しくなり、涙をこぼした。

11

囲炉裏の間にぽつんとひとり残され、有栖はひどく淋しかった。

この世界で、有栖はたったひとりぼっちなのだ。

もとの世界と、確かに何もかも似かよっている。姿形はまったく同じだ。しかし、有栖にとっては、まったく別の人であり、別のものなのだ。

有栖は膝をかかえて、囲炉裏の火を見つめていた。

ふすまが開く音がして、有栖は顔を上げた。

西田が手にスポーツバッグを下げて立っていた。

有栖は、あわてて涙をふいた。

西田が言った。

「ひとりになりたいと言っていたな」

有栖は、はっとした。

西田は東京へ戻るつもりなのだ。

帰れと言ったのは有栖だった。今さらまたいてくれと言うのは、あまりに虫がよ過ぎる。

ただ、西田が怒っているのだけが悲しかった。

「僕はたいていのことはがまんする。だけど、今回の君の態度だけは許せない。僕は結局、君に踊らされていただけなんだな。こんなにばかにされたのは初めてだ」

西田の口調は静かだった。それだけに、かえって取りつく島もない気がした。

有栖は、また涙があふれるのを感じた。

彼女はうつむき、しゃくりあげ、ようやく言った。

「違うんです」

「君のことをどうでもいい女だと思っているのなら、僕はこんなに怒りはしない。本気で君のことを想っていたんだ。だからこそ、僕は君を許せない」

「ごめんなさい」

有栖の頬を涙がぽろぽろとこぼれ落ちた。

もう、誰も頼ることはできない。

そのうえ、西田を怒らせてしまった。有栖は完全にひとりになってしまった——そう思うと、もうどうしていいかわからなくなった。

「でも……」

有栖は泣きながら、必死に言っていた。「でも、あたしの言ったことは嘘じゃないの」

西田は冷やかに有栖を見ていたが、やがて囲炉裏の間を通り過ぎて土間に降りた。

彼は靴をはき、玄関から出て行った。

戸が激しく閉まった。その勢いが西田の怒りを表していた。

やがて、セリカのセルモーターの音が響き、エンジンがかかった。

車が走り去る音がした。

家のなかはしんと静まり返っている。

有栖は、床につっぷして、ひとしきり泣いた。

やがて、泣き疲れて涙は出なくなったが、有栖は、顔を床に伏せたままでいた。身動きする気力がなくなっているのだった。

どのくらいそうしていたかわからなかった。

囲炉裏の火が消えかかっている。

有栖は、ようやくのろのろと顔を上げた。電話が目に入った。

しかし、今の有栖には電話をすべき相手もいない。

涙は涸《か》れたと思っていたのに、また視界が涙でうるんだ。

かすかに車の音が聞こえた気がした。

有栖は気のせいだと思った。

なす術《すべ》もなく、有栖はまた床の上に顔を伏せてしまった。

歯を食いしばって泣くのを堪《こら》えようとした。

玄関が開く音がした。

有栖は、土間のほうを見た。

西田が立っていた。

有栖は、真っ赤になった目で西田を見ていた。

「忘れ物だ」

西田は言った。

有栖は黙っていた。

「君の心を忘れて行くところだった」

有栖は驚きの表情を浮かべた。

「途中で車を停め、頭を冷やして考えた。万が一君が本当のことを言っているのだとしたら、君はきっととてつもなくつらい思いでいるに違いない、と。ここを去るのは、よく話を聞いて、必要ならグッドマン博士に意見を求めてからでも遅くはないと思ったんだ」

有栖は、また堰《せき》を切ったように泣き出してしまった。

西田は土間から上がり、しばらく躊躇《ちゅうちょ》していたが、やがてバッグを置き、膝をついて、両手を有栖の肩に置いた。

有栖の肩は小さく震え続けていた。小鳥のようだと西田は思った。

いつしか有栖は、西田の胸のなかで泣いていた。

有栖が落ち着くのを待って西田は言った。

「さあ、もう一度順を追って詳しく話してくれないか」


西田が囲炉裏の薪に火をつけ直した。

その炎を見つめながら有栖は話した。

有栖が話し終わると、西田はじっと考え込んでいた。

有栖は不安げに西田の様子を盗み見た。

西田はうなずいた。

「実を言うと、僕も君がまるで別人のような気がしていたんだ。妙に他人行儀だし、何かおどおどしているような気がしていたし……」

「私は逆に西田さんが、あまりに親しげな態度を取るんで、驚いていたんです」

「驚いていた？　ひかえめな言いかただ。本当はうんざりしていたんだろう」

「ええ……。まあ、ちょっとは……」

「僕にもそれはわかった。だから、僕はずうっと、いったい何があったのかと考え続けていたんだ。僕は、何か君の気に入らないことを言ってしまったか、やってしまったのかと心配していたわけだ」

「あの……。この世界のあたしって、どんな女の子なんですか？」

「君と変わらないよ。とても気が強い。だが、気の強さの表れかたがちょっと違うようだ。僕の知っている有栖は、何に対してもとても積極的だ。だが、どうやら君は、自分をおさえるタイプのようだ。どちらも意志が強い証拠だ」

「どんな作品を描いているんですか？」

「そうだな……。少女漫画にしては、多少刺激が強い性的な描写が特色だ」

「性的描写……」

「驚いた顔をしたところを見ると、君は違うようだね」

「ロマンチックなファンタジーが多いんです」

「なるほど……。ところで、君と入れ替わった有栖はどうなっているんだろうね」

「単純に入れ替わったのだと仮定すると、たったひとりで夜を過ごした可能性が大きいと思います」

「熱を出したままかい？」

「はい。私は、西田さんに電話をかけようとしながらも、それをしなかったのです。

電話をかけたのは、あたしと入れ替わった有栖のほうだったのです」

「なるほど……」

「あの……」

「何だい……」

「こっちの世界の有栖は、『ビショップ』というキャラクターを作品に登場させていますか?」

「うん。『時空の旅人・ビショップ』だろう。どうやら、このキャラクターは、ふたりの有栖の共通点らしいね」

「あるいは、もっと多くの、あたしの……。パラレルな菊池有栖に普遍的な存在なのかもしれません」

「ビショップがどうかしたのかい?」

「いえ……。彼が本当にいるなら、もとの世界に戻る方法を知っているかもしれないと思って……」

「実在の人物ならね……」

有栖はまた不思議な気分になった。

ビショップは、有栖にとっては実在の人物と変わらない。

ティーンエイジャーが、アイドルに恋をするようなものだ。対象は幻影でも、恋心は本物なのだ。

〈ビショップ。助けて〉

有栖は、また心のなかで叫んでみた。

西田が言った。

「いったい、どうやって別の平行宇宙なんかに入り込んでしまったのかなあ……」

「まったくわかりません」

「まあ、そうだろうなあ……」

「話を聞いてくださって、どうもありがとうございます。あたし、本当に途方に暮れていたんです……」

「まあ、こうなったら、君の話を信じるしかないだろうな……。あすのパーティーのときにでも、グッドマン博士に話を聞いてみよう」

「はい……」

「さてと……。そうなったからには、今夜はいっしょに寝るわけにはいかないな……」

有栖はふと好奇心がもたげるのを感じた。

「あの……」

一度、言い淀んでから、思い切って尋ねた。

「この世界のあたしは何度も西田さんと……?」

「そう。何度も」

有栖は顔が熱くなった。

「僕は六畳間に布団を敷こう。じゃあ、僕は風呂をわかしてくる」

「あ、あたしがやります」

「君が、僕の知っている有栖なら頼むかもしれないが、君はそうじゃない」

「どうしてですか?」

「なぜかわからないが、そんな気がする。それに、焚きつけはおそらく僕のほうが慣れている。夏には必ずキャンプに行くんでね」

西田は立ち上がり、廊下を渡って行った。

ゆうべ、たったひとりで暗闇におびえていた廊下だ。

今はちっとも怖いと感じなかった。男の人がいるだけで、ずいぶん心強いものだと思った。

ぎゅうい、ぎゅういという、木がきしむような音がかすかに聞こえた。

ああ、鶚が鳴いているんだなと有栖は思った。

有栖は風呂につかると、頭の芯が疲れ果てているのに気づいた。

ひどい一日だったと有栖は思った。

恐怖、嫌悪、怒り、絶望——。

まだ問題は何ひとつ解決していないが、少なくとも混乱から逃れられただけでも救いだった。

西田が入った後だったので、湯が柔らかかった。一番風呂は、湯が練れていないので、熱く感じる割にはあたたまりにくい。

有栖は、西田と同じ風呂を使っているということに胸がときめくのを感じた。

それが西田だからなのか、それとも単に男性だからなのか——それは有栖にはわからなかった。

湯から上がり、髪を乾かしていると、障子を叩く音がした。

「はい……？」

「ビールを買って来たんだ。湯上がりのビール、どうだい？」

「あ……、はい。髪を乾かして、すぐに行きます」

「囲炉裏の間にいる。先に飲んでるよ」

「はい……」

有栖は急いでドライヤーの先を振り、ブラシをかけた。

有栖はパジャマの上に、スウェットを着て囲炉裏の間に出かけた。

西田は灰色のスウェットの上下姿で、缶ビールを飲んでいた。

有栖がすわると、西田は冷えた缶ビールを差し出した。

「ありがとうございます」

有栖はプルトップを引いた。

「乾杯しよう」

「乾杯ですか？　何に？」

「僕たちの出会いに、だ。とにかく、ちょっと複雑ではあるが、僕たちは、きょう初めて会ったわけだからな」

有栖はほほえんだ。

ふたりはアルミニウムの缶を軽くぶつけた。

「やっと笑ってくれたな……」

「え……？」

「知ってるか？　君は、きょう僕のまえで、初めて笑顔を見せたんだ」

「そうかもしれません……」

有栖はビールを一口飲んだ。冷たいビールが喉を下って行き、胃のあたりであたたかくなった。

すばらしいうまさだった。

「僕の知っている有栖は、ビールが大好きだった」

西田はビールの缶を見つめながら言った。

「特にこの湯上がりのビールってやつがね……」

「いっしょに暮らしてたんですか？」

「いや。週に一、二度、僕が彼女の家へ行っていた」

「自由が丘のマンションに……？」

「そう……」

「藍子とはお付き合いしていたんですか？」

「彼女のほうから何度か電話があってね。食事したり、飲みに行ったりというだけの付き合いだった」

「そこにあたしが割り込んだわけね」

「そう。僕とこの世界の君はごく自然に結ばれた。まるで、そうなるのが運命のように。そして藍子ちゃんが激怒した……」

「この世界のあたしは、藍子を怒らせて平気だったんですか？」

「平気ではなかったはずだ。だが、この世界の君は、自分に正直なんだ。……何だか変な気分だな。本物の君を目のまえにして、別の君の話をしている」

「あたしも妙な気分です。目のまえにいる西田さんが、何だか昔から知っている西田さんのような錯覚を起こしそうになります」

「君は、あっちの世界で、僕を――その……、君の世界の西田という男を愛していたのか？」

有栖は考え込んだ。そして柔らかくほほえんだ。

「よくわからないんです」

「わからない？」

「ええ。いつも私は西田さんにおびえていたような気がします。あたし、久美にいつも言われていました。あたしが西田さんを見る目は、ご主人の顔色をうかがう犬の目だって……」

「君の世界の久美ちゃんも、物をはっきり言うタイプのようだね」

「久美の言うこと、あたしもよくわかっているんです。あたし、本当に西田さんが怖いんです。でも、不思議と、会える日を楽しみにしていたりするんです」

「まあ……。編集者と漫画家の関係なんて、たいがいそんなもんだけどね……。漫画家――特に若手や新人なんかは口うるさい編集者を嫌っている。君のように恐れているると言ってもいい。でも編集者に会うのはうれしいんだ。なぜなら、それは仕事につながることを意味しているからだ」

「そう。初めはあたしもまったくそのとおりでした……。でも……」

有栖には、その先の言葉が見つからなかった。

「でも、そのうちにそうではなくなった……」

「今、あらためて考えるとそんな気がします。久美は、あたしに、西田さんが好きなんだろうっていつも言うんですけれど、あたしは、ずっと否定してきました。最初は本気で否定していたんですけど、そのうち、それがポーズになっていったような気がします」

「それで、君の世界の西田という男は、君に対してやさしいのかい?」

「やさしいとは言えませんが、親身になってくれます。いつも厳しいことを言われるし、原稿を渡すたびに、何だか試験の答案用紙を渡すような気になるんですけれど……。でも、あたし、そういう西田さんの厳しいところ、嫌いじゃないんです」

「じっと耐えているというわけじゃないんだ?」

「ええ……。今は……」

「なるほど。安心したよ」

「え……?」

「ひとつだけ、はっきりした。君は、君の世界の西田に恋をしている」

「そんな……」

有栖は言いかけて、うつむいた。そして表情を柔らげて言った。「どうやら、そうみたいですね」

「妙なものだ。今、僕は別の世界の僕に嫉妬《しっと》を感じている」

12

グッドマン氏のパーティーは、昼のお茶の時間から始まった。

紅茶にクッキー。

伝統的なイギリス風のティーパーティーだった。

三人はなごやかに世間話をした。

有栖の体調はすっかりよくなっていた。過労からきた風邪に違いなかった。二日間ぐっすり眠ったので疲労も回復したのだった。

「僕から見ると、たいへん優雅な生活に見えますが……」

西田がグッドマン博士に言った。

「そうかもしれませんな。しかし、日本にいる間は授業のために、ここから聖フランシスコ大学がある東京の四谷まで通わなくてはならない。今年は日本にいますが、来年はUCLAで過ごす予定になっています。UCLAに帰ると、研究所と図書館の往復で、ほとんど家にも帰らないような生活を送ることになります」

有栖は驚いた。

「大学の教授の生活って、そんなにハードなものなんですか？」

「そう。とりわけ、第一線の科学の分野の研究者たちは、寝る間も惜しんで、データを取り、計算をし、思索をします。私が、こんな田舎に住んでいるのも、思索に適した環境だからなのです」

「へえ……」

「すごいですね。編集者のたいへんさなんて足もとにも及ばないな」

「そんなことはありません。あなたはあなたなりのご苦労がおありのはずです。たぶん、それは私など想像もつかない種類の苦労だと思います」

有栖は、深く静かなグッドマン博士の声に、心から安らぎを覚えた。

もといた世界でも、今いる世界でも、初対面ならば条件はいっしょなはずだ。

つまり、まえの世界で知っていた人よりも接しやすいということに有栖は気がついた。

有栖は一刻も早く、自分の体験について相談したかった。

「あの……、グッドマン博士。専門的な分野でお知恵をお借りしたいことがあるんですが……」

有栖が言うと、グッドマン博士は両手を上げて有栖を制した。

「どうかお許し願いたい。何か難しい質問でもされた日には、私は料理もそっちのけで、その問題を考え始めてしまうのです。そういう話題は、食事が済むまでお待ちいただけませんか？」

「気がつきませんで、すいません」

有栖は、もっともだと思った。

専門分野に対する質問というのは、グッドマン博士にとってみれば、仕事と同じことなのだ。グッドマン博士はにっこりと笑った。

「今夜は三人だけのパーティーです。私は、自慢のローストビーフを、おふたりに心ゆくまで味わっていただきたいのです。難しい話はその後でもいいでしょう」

「はい……」

午後の時間は、ゆったりと優雅に流れた。

洋風の部屋と、実際に西洋人が住む部屋とは何か決定的な違いがある。

有栖はそれを感じ取っていた。何かはわからないが確かに雰囲気が違うのだ。

それが、住む人のうしろにある長い歴史とか民族の習慣といったものなのだろうと彼女は思った。

グッドマン邸のリビングルームは、有栖が泊まっている日本家屋とはまた違った安らぎがあった。

しっかりとした壁に守られ、安楽を追求したソファに身をゆだねる安らぎだった。

部屋の隅には暖炉があり、薪が燃えている。薪が燃えるにおいにくつろぎを感じるのは、世界の民族に共通する感覚なのだろうと有栖は思った。

それは、人類の祖先が火を扱うようになり、夜の不安から救われたとき以来の記憶なのかもしれないと彼女は思っていた。

どっしりと重厚な木材のサイドボードが白い壁の中央に置かれている。

その上に、たくさんの写真立てがある。

壁にはもちろん絵が飾られている。西洋人にとって、絵のない部屋は窓のない部屋と同じなのだ。

部屋には、かすかにショパンのピアノ曲が流れている。

「さて、私は夕食の準備に取りかかることにします」

グッドマン氏が立ち上がった。

「あの、何かお手伝いできることがあれば……」

有栖が言うとグッドマン博士はウインクをした。

「パーティーの主催者の楽しみを奪ってはいけません」

有栖はほほえみを返した。

グッドマン博士が台所へ行った。

有栖は西田を見た。彼はしきりに何事かを考えているようだった。

有栖は物問いたげな表情で西田を見た。西田はそれに気づいた。彼は顔を上げ、有栖に言った。

「グッドマン博士に話を聞けば、おそらく、君の身に何が起きたかということが今よりはっきりとわかるだろう」

「ええ……」

「だが、どういうふうにそれが起こったのかということまでわかるだろうか？　そして、もとの世界に戻る方法は見つかるだろうか？」

有栖は何も言わなかった。

西田は短い間をおいてから続けて言った。

「君にとっては残酷な言いかたかもしれないが、覚悟だけはしておいたほうがいいかもしれない。つまり、もとの世界に戻る方法などない、と言われることを……」

確かに有栖はそのことを恐れていた。

彼女は西田から目をそらした。

「もちろん、もとの世界に帰れる方法はあるかもしれない。だが、君の体験は、おそらくグッドマン博士も初めて出会う話だと思う。だから……」

「わかっています」

有栖は言った。

西田はうなずいた。

「もし、もとの世界に戻れないとわかったら、君は、この世界で生きていかなくてはならないということになる」

有栖はあらためて西田を見た。

「そう。君が、僕の有栖になるんだ」

「そのことは――」

有栖はあわてて言った。「婚約のこととかは、あらためてじっくりと考えさせてください」

西田が何か言いかけた。

そのとき、ドアベルが鳴り響いた。

台所からグッドマン博士がエプロンをつけたまま現れた。彼は不思議そうな顔でつぶやいた。

「おかしいですね。客など来るはずはないのですが……」

グッドマン博士はリビングルームを横切り、玄関のドアを開けた。

玄関のドアを開けると、そこがもうリビングルームになっている西洋式の建物だったが、有栖にはドアのところでのやり取りは聞こえなかった。

グッドマン博士が有栖のところへやって来た。

「お嬢さん。あなたにお客さんなのですが……」

「あたしに？」

「ええ」

有栖は、西田の顔を見てから立ち上がり、ドアのところへ向かった。

ドアの外に立っている男を見て、有栖は息を呑んだ。

彼女は凍りついたように身動きができなくなっていた。目を見開いたまま、口をきくこともできずにいた。

有栖とその男は初対面だった。

しかし、彼女にはそれが誰だかすぐにわかった。

『時空の旅人』ビショップは言った。「私もパーティーに参加させていただきたいのですが……」

「よろしければ――」

彼がビショップであることは西田にもすぐにわかったようだった。

西田は驚きの表情を見せた後、有栖にそっと尋ねた。

「ビショップには実在のモデルがいたのか？」

有栖はかぶりを振った。

「いいえ。あくまで私が創り出したキャラクターです」

「じゃあ、彼はいったい……」

ビショップは、グッドマン博士に丁寧に自己紹介した。

彼は、はっきり、ビショップと名乗った。

「では、私は料理の続きに戻らなければなりませんので……。どうぞ、三人でおくつろぎください」

「突然、ずうずうしく押しかけまして、申し訳ありません」

ビショップは、言った。言葉は丁寧だが、顔はあくまで無表情だった。

「かまいませんとも」

グッドマン博士はにこやかにこたえた。「パーティーは人数が多いほど楽しい」

グッドマン博士は台所へと消えた。

有栖は、まだ信じられぬといった面持《おもも》ちでビショップを見つめていた。

ビショップというのは漫画のキャラクターなので、そのままの姿形で現れたわけではない。

漫画の登場人物を描く場合、最初から絵としての顔が浮かぶ場合と、現実の人間の顔をイメージし、それをデフォルメする場合とがある。

有栖はデッサンの基礎をしっかり積んでおり、なおかつ、昔から似顔絵を描くのが得意だったこともあり、後者の場合が多い。

ビショップというキャラクターを創り上げたときもそうだった。

まず、国籍不明のハンサムな顔。冷やかな目。うすい唇、肩までとどきそうな黒い真っすぐな髪をイメージした。

それをデフォルメして漫画の登場人物にしたわけだ。

今、目のまえにいるビショップは、その有栖のイメージの原型と寸分も違わなかった。

さらに、衣装のことも無視はできなかった。

黒っぽいセーターに同じ色のズボン。デザートブーツをはいている。

長いケープかマントのような物を肩からかけ、日焼けを避けるためのつばの広い帽子をかぶっていた。

今はその帽子を手に持っていた。

その服装は、有栖がいつも描いているビショップとまったく同じだった。

「あの……、あなた、本当にビショップなの？」

ビショップは無表情に有栖を見た。

彼が表情を閉ざすようになったのは、過酷な旅を長い間続けたせいだ。少なくとも、有栖の設定のなかではそうなっていた。

　彼は無表情のまま、有栖に言った。

「そうだ」

「驚いたわ。本当にビショップが現れるなんて……。だって、あなたは私が創り出したキャラクターなのよ」

「君は、私に会うという未来の記憶を持っていた。つまり、君は、私に会うまえに、あらかじめ私のことを知っていたのだ」

「未来の記憶ですって……」

「そうだ」

「それは予知ということ？」

「予知は未来の記憶の一部だ」

「わからないわ……」

「時空の概念が関係している」

「時空の概念……？」

「それについては、博士に聞いてみるといい」

「何のためにここへやって来たんだね」

西田が尋ねた。

ビショップはゆっくりと西田のほうを向いた。その表情からは何も読み取ることはできない。

「いや……、その……」

西田はたじろいだ。「たいへん不思議な出来事で、僕らは面食らっているんだ」

ビショップは西田を見つめたまま、言った。

「彼女が私を呼んだのだ」

「あたしが……？」

「そうだ。二日前の夜のことだ」

有栖は思い出した。

西田に電話をかけようと思い、同時に、ビショップに必死で救いを求めたのだ。

「じゃあ、あなたには何が起こったのかわかっているのね？」

ビショップはうなずいた。

「どうしてあのとき、すぐに来てくれなかったの？」

「君が、どこからどこへ『平行移動』したのか――また、君は単純にここの世界の君と入れ替わっただけなのか？　それを調べる必要があった」

「調べてわかったの？」

「まだわかっていない」

「あなたには調べ出すことが可能なの？」

「できると思う。それには君の協力が必要だということがわかった。それで、早急に会おうと思いここへやって来た」

「あたしの協力？　いったい、あたしは何をすればいいの？」

「後で話す」

台所のほうから足音が聞こえ、ビショップはそちらに顔を向けて言った。「とりあえず君は、平行宇宙の姿をできるだけ具体的に知っておく必要がある。グッドマン博士がその役に立ってくれるだろう」

グッドマン博士がリビングルームに現れて言った。

「さあ、皆さん。パーティーの準備が整いました。食堂のほうへどうぞ」

有栖は、ビショップに質問したいことが山ほどあった。しかし、ここは話を中断しなければならない場面だった。

有栖は食事が終わるまで、すべてを保留にすることにした。

グッドマン氏自慢のローストビーフは、たいへんおいしかった。

シャンペンとワインはフランス産ではなく、甲州で作られた物が用意されていた。

グッドマン氏は、ワインは生き物なので、できれば近くの土地の物を味わうのがいいと言った。

日本のワインは、すでにヨーロッパの物に比較して恥ずかしくないレベルに達しているということだった。

ポテトや卵料理、サラダに、手作りのチョコレートケーキを食べ、有栖は本当に満腹した。

グッドマン博士のおしゃべりは楽しく、時をしばし忘れた。

グッドマン博士はコーヒーを飲み終えると食器を台所に下げた。有栖はそれを手伝った。

リビングルームに場所を移し、食後のブランデーを楽しむことになった。

グッドマン博士は葉巻に火をつけた。

「さて、それでは質問を受け付けましょうか？　お嬢さん」

有栖は言いにくそうにしていた。

「おいしい物をごちそうしていただいて、とても楽しい時間を過ごしました。このうえ、お知恵をお借りするなんて、とてもずうずうしい気がします」

「かまいません。あなたがたをもてなした後なら問題はありません。その代わり、私が考え込むあまり、石のように黙り込んでしまっても気になさらないでいただきたい」

有栖はうなずいた。

「きのう、宇宙はどういう姿をしているのか、という話をしましたね」

グッドマン博士はうなずいてから、葉巻の煙をゆっくりと吐き出した。

「そう。あなたは、アインシュタインの宇宙観を述べられた」

「うかがいたいのは、あの先の話なのです」

「ほう……？　具体的には？」

「平行宇宙――パラレル・ワールドについてです」

「これは困った」

グッドマン博士は言った。

「え……？　博士の研究の対象外なのですか？」

「そうではありません。まったく逆ですよ。私が最も興味を持っているテーマです。

つまりそれだけ私が夢中で考え始めるだろうということですよ」

13

「まず、時間というものを考えなければなりません」

グッドマン博士は話し始めた。「あなたは相対性宇宙論にある程度通じているようですから、時間が伸び縮みするということを知っていますね」

有栖はうなずいた。

「光の速度に近づくほど、その物体のなかの時間の進みかたは遅くなっていく……」

「そうです。アインシュタインはそのことによって絶対時間の概念をあっさりと葬り去ったのです。極端な言いかたをすれば、時間の流れかたは、観測者が空間をどんな速さで動くかによって決まるのです」

「でも、それは……」

西田が言った。「つまり、光速に近いくらいのすさまじい速度で移動する場合のことでしょう。日常的なレベルでは、やはり時間は淀みなく均一に流れているのではないのですか?」

グッドマン博士は首を振った。

「私がアインシュタインの話を持ち出したのは、絶対時間を否定した考えかたとして、最も一般的でわかりやすいからです。大切なのは、『絶対的な時間の流れというのは否定された』という点なのです」

「つまり、現在の物理学の常識では、時間は均一に流れているのではないということになっているわけですか」

西田が尋ねるとグッドマン博士はうなずいた。

「そう。そして、方向も一定ではないかもしれない。そして、空間と密接な関係を持っているのです」

「よくわかりませんが……」

グッドマン博士は、ささやかな聴衆の顔をながめ回した。

有栖は西田同様に、興味を示しながらも理解できずにいる、という難しい顔をしていた。

ビショップは相変わらず無表情だったが、グッドマン博士は、その瞳が知性の輝きを持っているのに気づいた。

〈ただひとり、ビショップは私の話を充分に理解している〉

グッドマン博士はそのことを瞬時のうちに確信した。

グッドマン博士は、話し出した。

「さらに私は、ここで時空という概念をはっきりとさせておかねばなりません。次元というのはご存じですね。一次元は点と線の世界、二次元は平面の世界、三次元は我われの住む立体の世界。そして、四次元は、立体の空間と時間がいっしょになった世界——つまり、時空という言葉で表されます。さて、ここで、『現在、どこにいるか』という問題を考えてみたいと思います」

グッドマン博士は、葉巻をすうために、一度言葉を切った。

「『現在どこにいるか』というのは、観測者が地図で自分の居場所を確かめるのと同じですね。つまり、ある特定の時間に自分はどの座標にいるか、ということです。一次元では、X軸だけでそれを表現することができます。二次元では、X軸とY軸で表現できます。地図や海図を見るというのはこの作業と同じことです。三次元ではX軸とY軸とZ軸で表現されます。例えば、飛行機のパイロットは、自分の位置を、緯度と経度とそして高度という三つの指標で知ろうとするでしょう。つまり三次元までの世界では、『現在どこにいるか』ということを点で示すことができるのです。さて、四次元ではどうなるでしょう?」

グッドマン博士は有栖の顔を見た。

有栖は必死に想像の翼を広げようとしていた。しかし、まったく頭のなかに具体例を思い描くことができなかった。

「ちょっと想像がつきません……」

グッドマン博士は、まるで教室で授業をするように、次に西田を指名した。

「お手上げですよ。それがイメージできれば、僕は編集者ではなく創作する側になっているはずです」

グッドマン博士は愉快そうに笑い、最後にビショップを見た。

「ビショップ、君はどうだね」

短い沈黙の間があった。

ビショップは、こたえた。

「四次元では、『現在』を特定できなくなります」

グッドマン氏は満足げにほほえんだ。

「そのとおりだ、ビショップ。四次元世界では、点によって現在の位置を示すということは無意味になり、すべての存在の動きが、『世界線』と呼ばれる線によって表現されることになります。移動した足跡《そくせき》を時間を含めた線によって表すわけです」

「どうしてそれが『現在を特定できなくなる』ことなのかわかりませんね……」

西田が言った。

グッドマン博士は、うなずいた。

「四次元世界では、時はすべて同等なのです。『現在』を特別なものとして取り出すことはできないのですよ。それが物理学の常識となっています。これは逆に言えば、世界線のある一点を自由に指差し『ここが現在』と言ってもいっこうにかまわないということになります」

「つまりこういうことですか?」

西田は考え考え言った。「一次元から三次元の間では『現在どこにいるか』という問題を考える場合、あらかじめ時間が特定されているので、あらためて時間のことを表現する必要がなかった。しかし四次元では『現在』というものを考えるためには任意の時間を選ばねばならないということですか?」

「そういうことですな」

「では四次元世界では、我われは勝手に『現在を選べる』ということですか」

「今の質問は微妙な問題を含んでいます。つまり、現代の物理学においてたいへん重要な『観測者』の問題です。ただ今の質問に、できる限り正確におこたえしましょう。もし、観測者が世界線で表現される側にいるのならこたえはノーです。なぜなら、世界線のどこにいようと、その観測者は自分の過去と現在と未来を認識するだけですから、任意な点を指定されたことに気づかないでしょう」

グッドマン博士は、三人が自分の言葉を理解する時間を与えるように、しばらく間を取った。

「簡単な例でお話ししましょう。西田さんが東京から、ここへいらっしゃるまでのことを四次元の世界でながめれば、時間と空間を示す一本の線で表されます。これが世界線です。さて、西田さんは今、私の部屋にいて多少ややこしい話を聞いていらっしゃる。過去のことは記憶にあるし、それ故、今が現在だという認識があるのです。さて、次の瞬間に、西田さんは、東京からここへ向かう高速道路を走っている時間に引き戻されたとします。その西田さんは、その時点までの記憶しか持っていません。したがって高速道路を走っているその時間が現在だと認識していることになるのです。まさか、別の時間に引き戻されたなどとは夢にも思わないでしょう。世界線にそっている限り、西田さんにとっては、どの時間を指定されても、それが現在ということになるのです」

「なるほど……」

「さて、西田さんの質問は、もうひとつのケースを含んでいます。つまり観測者が、四次元世界で、世界線を完全に把握できる立場にある場合です。この場合のこたえはイエスです。さきほどの例で言いますと、この観測者は、東京を出発してここにおいでになるまでの西田さんの行動をすべて見渡して、西田さんに任意の『現在』を与えることができるのです」

「待ってください……。そうすると、その観測者は、僕の過去だけでなく未来も見ていることになりますね……？」

「そういうことです」

「僕には神の話をしているような気がしますが……？」

「そうかもしれません。我われは神のいとなみを方程式で表せると信じているのです。未来という問題ですが、有名な天文学者であり、また実験哲学者でもあるフレッド・ホイルという科学者が、『時間の仕切り棚』という考えかたでおもしろい説明をしています。彼は、すべてがあらかじめ存在していると主張します」

「すべてがあらかじめ存在している？」

思わず有栖が訊き返した。

「そうです。時が流れて、存在しなかったものが存在するようになる——つまり歴史が作られていくと感じるのは、幻でしかないと彼は言うのです。時空のなかの出来事を書き記した紙が区分けされている膨大な数の仕切り棚を、まず頭のなかに描いてください。その棚のなかにある紙は、他の棚の紙に書かれている事柄についてもある程度情報を持っているとします。いいですね？」

有栖はうなずいた。西田はじっと聞き入っている。

ビショップは、何を考えているかまったく表情に出さない。

グッドマン博士は続けた。

「その棚には順番に番号がついています。さて、『宇宙の郵便配達』が、棚をひとつひとつのぞいて、なかの紙に書かれていることを読み取っているところを想像してください。やがて彼は、どの棚の紙も、それより下の番号の棚に関しては正確な情報を持っているけれども、上の番号の棚については、どうもはっきりしたことが書かれていないことに気づくのです。

この譬《たと》えで、郵便配達がのぞき込む棚は『現在』、そのなかの紙に書いてある正確な他の棚に関する記述は『過去』の情報、はっきりしない記述は『未来』の予測ということになります」

「その『宇宙の郵便配達』は、順番に棚をのぞいていくわけではないのですね？」

有栖が尋ねた。

グッドマン博士は何度もうなずきながら言った。

「そのとおりです。おそらく彼は、まったく気まぐれにほうぼうの棚をのぞいていくでしょう。さて、今度は棚の中味があなたがたの意識だと思ってください。そして、『宇宙の郵便配達』が棚のなかをのぞいたときに、意識にスイッチが入るのです。そのとき、あなたがたは、昔の出来事を思い出し、未来を予測したり、予定を立てたりして、自分は現在にいると考えるわけです。

さて、ここで問題なのは、さきほども言いましたようにこの郵便配達は気まぐれで、下から上の番号へと順番に棚をのぞいていくのではないということです。つまり、どの意識にスイッチが入るかわからないのです。それは、あなたがたがまだ三歳のときの意識であるかもしれないし、死に瀕した老人になったときの意識かもしれません。しかし、郵便配達がその棚をのぞいたら、あなたがたはそれが現在だと思うのです。その時点では、過去の記憶と未来への予測を持っているわけですから、あなたがたは連続した時間のなかにいるとしか感じないでしょう。

さきほど、西田さんの世界線の例でお話ししたときのとまったく同じ現象です」

グッドマン博士はわずかに不安そうに一同に尋ねた。「わかりますか?」

「何とか……」

有栖はこたえた。

西田は無言でうなずいた。

ビショップは身動きしなかった。

「とにかく、時間が一様に流れているというのは幻想だということだけ理解していただきたい。四次元時空では、もはやどこが現在であるかは意味を持たないということも覚えておいてください。さて、前置きが長くなりました。有栖さんの最初の質問にこたえねばなりません。つまり、平行宇宙についてです。一九四九年、プリンストン大学の数学者カート・ゲーデルは、アインシュタインの方程式から、『非因果律』的な奇妙な解を導き出しました。この解は、時間が循環しており、映画が何回も上映されるようにすべての出来事が無限に繰り返すことを示していました。

また、一九六〇年代半ばに、ピッツバーグ大学の物理学者ニューマン、アンティ、タンボリーニの三人は、同じくアインシュタインの方程式から奇妙な解をもう一組発見したのです。三人の頭文字を取ってＮＵＴ解と名づけられたこの解は奇妙な形のタイムトラベルと同時に空間移動をも許容していたのです。

例えば、テーブルのまわりをぐるぐると回ると、もとの場所へ戻って来ます。しかし、らせん階段をぐるりと回ると、別の階へ行ってしまうでしょう。それと同様に、ＮＵＴ解は、星のまわりを三六〇度回ると、らせん階段を登ったように、別の時空にたどり着くことを示しているのです」

「あ……。つまり、平行宇宙……」

有栖が言った。

「そうです。このように、平行宇宙への移動や非因果律的な宇宙の姿はアインシュタインの方程式から導き出された解によって示されていたのです。しかし、一般の物理学者たちは、この解を本気で取り扱おうとしませんでした。ところが、量子論の出現が、物理学者の常識を混乱させ始めたのです。そして、こういう宇宙もありうるということを示したのが、ハイゼンベルクの不確定性原理なのです」

「ハイゼンベルクの不確定性原理……」

有栖はつぶやいた。

「そう。一九二七年、ヴェルナー・ハイゼンベルクは、原子以下のレベルでは物体の速度と位置を同時に知ることは不可能だという理論を発表しました。これが不確定性原理です。さらに、この理論によれば、原子より小さい領域では確率しか計算できないのです。

ニューヨークに住む個人個人が殺人を犯すかどうかの予測を行なうことはおそらくできないでしょう。しかし、ニューヨーク市全体の殺人発生率は不思議なほど正確に予測することができるのです。

これと同じく、電子の正確な位置と速度は同時に知ることができないのだから、その個々の動きを予測することは不可能です。しかし、大量の電子がどういうふうに振る舞うのかの確率は驚くほど的確に予測することができるのです」

グッドマン博士は火が消えてしまった葉巻を灰皿に置いた。彼は話に熱中していた。

「ウラン原子ひとつを考えた場合も同様で、それがいつ崩壊し、どのくらいのエネルギーを放出するのかは、まるでわからないのです。原子核の状態を実際に測定しなければ、それがもとのままなのか、崩壊してしまった後なのかもわからないのです。ここで、量子力学の世界では奇妙な考えかたを導入します。つまり、量子力学において一個の原子核を描写するたったひとつの方法は、そのふたつの状態が混ざったものと仮定することなのです。測定前の一個のウラン原子核は、量子力学者にとっては、もとのままと崩壊してしまった状態の間にあるのです。この不可思議な仮定によって、量子力学は驚くほど高い精度で、数十億のウラン原子の崩壊率を計算できるのです。さて、重要なのはここからです。いいですか？　ミクロの世界の粒子一個がある選択肢のまえに立ったとします。不確定性原理によって、この粒子の位置と速度は同時には測定できません。この粒子一個が、右へ行くか左へ行くか、量子力学的に表現するとどうなります？」

グッドマン博士は有栖に質問した。

「ええと……。つまり、右へ行くのと左へ行くのとが混じり合った状態……」

「そのとおりです。そして、さらに考えると、右へも行ったし、左へも行ったと考えられるのです。その瞬間に、その粒子は、それぞれ異なった宇宙へ進んで行ったと言っていいでしょう。これが、平行宇宙の基本的な考えかたです。つまり、時空の仕切り棚では、左へ行く棚も右へ行く棚も用意されているというわけです。人間の行動も、量子レベルで行なわれる膨大な数の〝選択〟の総和でしかありません。量子レベルから宇宙にいたるまで、あらゆるレベルで、さまざまな選択が行なわれています。そのたびに、宇宙は枝分かれしていくというのが平行宇宙の考えかたです」

「平行宇宙というのはどれくらいあるのかしら……」

「無限です。無限の高さのビルが横一列に無限に並んでいると思ってください。そのビルの各階では映画が上映されているのですが、上下の階や隣りのビルとは、少しずつ内容が違っているのです。ある映画館では、まったく生命が生まれなかった地球の姿を上映しているかもしれない。また、隣り合った映画館同士では、ストーリーや登場人物はほとんど同じで、異なった映画だとは見分けがつかないかもしれないのです。そして、新たな選択が行なわれるたびに、映画館は建て増しされていくのです」

「その映画がつまり平行宇宙なのですね……」

有栖が尋ねた。

「そうです」

「その映画の登場人物が何かの拍子に、別の映画の同じような登場人物と入れ替わったりすることはあり得るんでしょうか？」

「あり得ます。さきほども言ったように、アインシュタイン方程式のＮＵＴ解もその可能性を示しています」

「もし、別の映画に迷い込んでしまった登場人物がいたとしたら、その人は、もとの映画に戻れるのでしょうか？」

グッドマン博士は、唇に人差指を当て考え込んでいたが、やがてきっぱりと言った。

「いいえ。それはおそらく不可能でしょう」

「不可能……」

「そう。その人は、移動した先でまた、いくつかの分岐点に立つことになり、それによって、またいくつかの平行宇宙を作り出してしまっているはずです。そして、その人物と入れ替わったほうの登場人物も、すでにいくつかの宇宙に分岐して生きていることでしょう。だから、無限にある平行宇宙のなかから、もといた宇宙を特定することは不可能なことに思えますね」

有栖は絶望を感じた。彼女の顔色はみるみる悪くなっていった。

西田はそれに気づいて言った。

「そんな……。一度起こったことの逆が不可能だなんて……」

グッドマン博士はふたりの反応に驚いた。単なる仮定の話をしていたつもりだったのだ。

有栖は、必死に心理的ショックに耐えていた。

そのとき、静かなビショップの声が聞こえてきた。

「いいや……。不可能ではない」

14

ビショップは言った。

「あなたは、カプラの『タオ自然学』に触れ、また、ハイゼンベルクの不確定性原理に触れていながら、気づかずにいることがある」

グッドマン博士は興味深げにビショップを見つめた。

「『タオ自然学』と『不確定性原理』……。ふむ……。君の言いたいことはわかったよ。つまり、観測者というのは、関与者であるということだね」

ビショップはうなずいた。

「どういうことです？」

西田がグッドマン博士に尋ねた。

「つまりだね、ハイゼンベルクによると、原子以下の領域では、物体を観測する行為自体が、その位置と速度を変化させるというのですよ。例えば電子は非常に小さいので、原子内での位置を測定するには光子をぶつけなければならないのです。ところが光の力は強力過ぎて、電子を原子から弾き出してしまうわけです。そして、ついに、量子物理学者たちは、観測が行なわれなければ実在は存在しないと発言したのです。

カプラは、それをふまえて、観測者そのものが、観測の対象に影響を与えているのだから、観測者はすなわち関与者だという立場を取ります。さらに、カプラは、関与者という考えかたは東洋の世界観では決定的な意味を持っている、と言っています。つまり、東洋の神秘思想家は、観測対象、主体と客体、これらは区別すらできないと考えていると述べているのです」

西田は、ビショップを見た。

「グッドマン博士が、今言ったことはすべて正しい」

ビショップがそう言うと、西田は尋ねた。

「それがどういうことなのか、僕はわからないな」

ビショップは、蒼い顔をしている有栖と、苛立っている西田を交互に見てから言った。

「さきほどの、例を思い出すことだ。あなたが東京からここへ来るまでの世界線を見つめている観測者がいる。そのとき、あなたは、観測の対象だ。今、グッドマン博士がカプラを引用して述べられたように、観測者と対象は互いに密接な関係にあるばかりでなく、区別すらできない」

グッドマン博士は片方の眉をつり上げてビショップを見ていた。

「そう、哲学的な意味ではそうなるね。しかし、観測者が関与者であるというのは、多くは量子物理学の世界のことであってね……」

「すべての出来事は、量子物理学的選択の総和なのだ」

ビショップは静かに反論した。今や、グッドマン博士は完全にビショップとの意見の交換に夢中になっていた。

「つまり、君はさきほどの例で、西田さんは、自分の世界線のなかにいながら、『現在』を定める可能性を持っているということかね」

「それだけではない。自分で平行宇宙を選択する可能性を持っているということだ」

「なるほど……。関与するわけだね、分岐していく平行宇宙に」

「そう。そして、時間は世界線のなかの任意の点を指定できる。したがって、そのお嬢さんが言うように、横滑りしてしまったもとの宇宙へ戻ることも不可能ではない」

「しかし」

グッドマン博士は、ほほえんで議論から身を引いた。「実際にそんな横滑りは起きないだろうね。ハイゼンベルクの不確定性原理は、何でも起こり得るが、そのほとんどは起こりそうにないということも示している」

「いや」

ビショップは言った。「実際に起こっている。そして、あなたは今、その出来事に立ち合っている」

グッドマン博士は、目を細めてビショップを見た。西洋人が目を細めるのは疑いの表情を意味する。

そして、彼は有栖と西田を順番に見つめた。誰も冗談を言っていないということに気づいた。

グッドマン博士はビショップに視線を戻し、慎重に尋ねた。

「それは、私の客の三人のうち、誰かが別の宇宙からこの宇宙へやって来たことを意味しているのかね」

「もちろん、そのことを話しているつもりだ」

「まさか、平行宇宙を横滑りしたのは、この私だと言うのではなかろうね？」

「あなたは、刻々と枝分かれしていくあなたの宇宙にそって、別々の人生を同時に歩んでいる。しかし、横滑りはしてない。この宇宙はあなたの宇宙だ」

「それを聞いて安心したよ。では、いったい、その珍しい体験をした人というのは誰なのだね？」

「そこにいるお嬢さんだ」

ビショップは有栖を見て言った。グッドマン博士もほぼ同時に有栖を見た。

ビショップは言った。

「私は、彼女が私を呼ぶ声を聞き、助けにやって来た」

「いったい、どこから？」

グッドマン博士は尋ねた。

「難しい質問だ。私はどこにもいなかったし、どこにでもいた」

「哲学的な意味でかね、それとも物理学的な意味でかね？」

「もちろん物理学的な意味で。だが、哲学と物理学の間にそれほど大きな開きがあるとは思えない」

「君は、三次元世界にはいなかった。そして、それ故に、三次元世界のどこへでも姿を現すことができる——そういう意味に解釈できるのだが？」

「その解釈は正しい。彼女は私のことを『時空の旅人』と呼んでいる」

グッドマン博士は有栖を見てから、もう一度ビショップに視線を戻した。

「彼女のことだが、平行宇宙を横滑りしたというのは確かなことなのかね？」

ビショップはうなずいた。

西田が言った。

「とても信じられないことと思います。僕も最初は、熱のせいで彼女がどうにかなってしまったのかと思ったほどです」

グッドマン博士は、思案顔になって言った。

「信じられない、ですって？　物理学者にその言葉は不要です。私たちは日々、常識をくつがえすことに出会っているのですから」

彼は有栖を見た。「それで、いつ、そのことが起こったのかね？」

有栖は言葉を探していた。しばらくして口を開いた。

「熱を出した夜のことだと思います。私は熱のせいで、夢と現実の区別がつかない状態になっていました。たぶんそのときに平行宇宙を横滑りしたのだと思います」

「では、あなたは、ここへ来られた最初の日、私がお会いしたお嬢さんとは別人というわけですか？」

「そう。別の宇宙のあたしのはずです。つまり、あたしがお会いしたグッドマン博士は、今目のまえにいらっしゃる博士とは別人だったのです」

「ほう……。あなたの宇宙の私はどんな人間でしたかな？」

「すごく気難しそうでした」

「あなたはこちらの宇宙で私と再会できてよかった」

グッドマン博士は有栖に笑いかけてから、尋ねた。「しかし、この常識を超えた出来事をよく受け入れる気になったね」

「今でも、これが夢のなかの出来事のような気がしています」

「僕も、彼女が別の理由でふざけた芝居をしているのだと思っていました。しかし……」

「しかし?」

グッドマン博士は訊き返した。

「彼女が精神的に参りかけているのがわかりました。それで、僕は彼女に何かが本当に起こっているのだということを知りました。そして彼の登場です」

西田はビショップを見た。「ビショップは、彼女が創り出した漫画のなかのキャラクターだったはずなのです」

「彼をモデルにしたわけではなく?」

「いいえ。彼女がビショップに会ったのは、きょうが初めてなのです」

グッドマン博士が考え込んでいると、有栖が言った。

「ビショップは、『未来の記憶』のせいだ、と言いました」

「未来の記憶?」

「そうです。そして博士のお話を聞いていて、あたしにもその意味がわかったのです。つまり、さきほどの『時間の仕切り棚』と『郵便配達』の譬《たと》え話です。『宇宙の郵便配達』は順番に棚をのぞくのではなく、気まぐれに離れた番号の棚をのぞいたり、番号を逆の順序でのぞいていったりもするということでしたね。つまり、何かの拍子で、そうした記憶が残ることがあるのではないかと思ったのです」

「そのとおりだ」

ビショップが言った。「たいていは、意識のスイッチが入った時点で、未来と過去は厳密に分けられ、未来の記憶は排除される。だが時折、その記憶を、持ち続けるような場合もある。それが彼女のように、創作活動となって表現されることがある。ときには未来予知となり、あるときには神の声を聞いたとして預言者となる。時空を超えた意識のレベルに達した人間は、当然、いろいろな棚の記憶を持つことになる」

「釈迦やイエス・キリストのように？」

西田が尋ねた。

ビショップはうなずいた。

「興味ある話だが――」

グッドマン博士が言った。「たぶん有栖さんは、もっと別のことに興味があるはずだ。私もそうだ。どうやってもとの宇宙に戻るか、だ」

「そのためには、もう少し調べなければならないことがある」

ビショップが言った。

「さっき言ってたことだな」

西田が補足した。「もとの宇宙とこの宇宙の有栖が単純に入れ替わっただけなのか、それとも、もっと複雑なことになっているのか……」

「そう」

ビショップはうなずいた。「そして、彼女は、なぜこんな現象を引き起こしてしまったのか……」

「あたしが……？」

有栖は戸惑った。「あたしは奇妙な出来事に巻き込まれただけだと思っていたんですが……」

「いや、あなたが起こしたのだ」

「別の宇宙のあたしじゃなくて……？」

「今ここにいるあなただ。そして、それには必ず理由があるはずだ。あなたがこの宇宙へ来なければならなかった理由が。でなければ、こんなことは起こらないはずだった」

「理由……？　あたしには思い当たらないわ……」

「自分で気がついていない理由があるはずだ」

「どうやって調べるのかね？」

「彼女の記憶を探って、まずどういうふうに『平行移動』が起こったのかを調べる」

ビショップは立ち上がって、有栖のまえまで来た。

グッドマン博士と西田は、じっとビショップの行動を見つめていた。

ビショップは言った。

「そのためには、あなたの協力が必要だ。私はあなたの記憶のなかに入っていかねばならない」

「あたしは何をすればいいの？」

「私を呼んだ夜のことを思い出すんだ」

「それだけでいいの？」

ビショップはうなずいた。

有栖はビショップを見上げた。彼の目は知性に輝き、驚くほどやさしかった。

〈やっぱりこの人は、あたしが知っているビショップだったんだわ〉

有栖は思い、心が安らいでいくのを感じた。

彼にすべてをゆだねる気になった。

ビショップが言った。

「目を閉じて。あの夜のことを思い出して」

有栖は言われたとおり、目を閉じてうつむいた。

有栖にはビショップが何をしているかわからなかったが、彼は、有栖の頭上に両手をかざしていた。

五本の指を広げ、有栖の頭を包むようにしている。

グッドマン博士と西田は、無言のまま、その様子を見つめている。

神聖な宗教儀式のような光景だった。

有栖は、あの夜のことを思い出そうとしていた。たった二日まえの出来事なのに、ずいぶんと時が経ったような気がした。

彼女は深い瞑想の状態に入っていった。ビショップのせいだと気がついたとき、すうっと意識が遠のいていった。


有栖は夢を見ているのだと思った。

あの夜とまったく同じ行動を取っている有栖がおり、彼女はその自分の姿をながめているのだった。

それでいて、行動している有栖のけだるさや、怖さがよくわかるのだ。

夢のなかの有栖は、姿の見えない何かの気配におびえていた。

風呂に入ったとき、故郷のことを思い出していた。

自分をながめているほうの有栖は、そのなつかしさを感じて思わず泣きたくなるほどだった。

夢のなかの有栖は布団に入った。

やがて、金しばりにあい、闇のなかを動き回る影に気づいていた。夢のなかで夢を見ているのだろうか、と有栖は思った。

そのとたん、どこかで声がした。

「そうじゃない」

ビショップの声だった。

どこにいるのか姿は見えなかったが、確かにすぐそばにいるのを感じた。

「あなたは、本当にあの影を見ているのだ」

夢を見ている有栖がビショップに尋ねた。

「あの影は何なの？」

「鴇だ」

「鴇？　それじゃあ……」

「そう。金しばりにあうまえに、体が横滑りするような感じがしただろう。あのとき、『平行移動』の途中の状態まで来てしまったのだ。あなたは、隣りの宇宙の鴇の影を透かし見ていたのだ」

「ずっと何かの気配がしていたのは……」

「あなたは鴇のいる宇宙に、無意識のうちに照準を定めていた。それで、本来なら気づくはずのない隣りの宇宙の鴇の気配を感じていたのだ」

「無意識に照準を定めていた？　あたしは望んで別の宇宙へ来てしまったと言うの？　何のために？」

ビショップは言った。

「おそらく、あなたはもうそのこたえに気づいているはずだ」

「何ですって？」

「あなたがいた宇宙と、移動してきた宇宙での最も大きな違いが何なのかを考えてみることだ。それがこたえだ」

15

西田さんに電話しよう。

ビショップに助けてもらおう。


有栖が見ている有栖は漂う意識のなかで、何度もその言葉を繰り返していた。

そして、もう一度、体がすうっと横滑りする感覚がやってきた。

「ここだ」

ビショップの声がした。「ここで完全に『平行移動』している」

有栖にも、それが何となくわかった。

自分を見降ろしている有栖は、なぜ自分が西田に電話しようとしたのかを必死で考えていた。

他の誰でもない西田に、なぜ――。

「さ、戻ろう」

ビショップの声がした。

有栖は目を開けていた。

ビショップが目のまえに立っていた。

そこはグッドマン邸のリビングルームだった。

グッドマン博士と西田が、無言で心配そうに有栖を見つめていた。

ビショップは、静かにもとの席へ戻った。

「終わったのかね？」

グッドマン博士は、ビショップに尋ねた。

ビショップはうなずいた。

「私たちは、何も起こらなかったように見えたのだが……」

「私と彼女は、彼女の意識をたどり、『平行移動』が起こった夜を追体験してきました」

グッドマン博士と西田が顔を見合わせた。

「たった一分ほどの間に？」

西田が言うと、初めてビショップはかすかに笑った。

「あなたは、まだまやかしの時間の流れにこだわっているようだ」

西田が肩をすぼめた。

「まあ、常識というやつは、いかんともしがたくてね」

有栖は、何事か考え込んでいる。

グッドマン博士は彼女に尋ねた。

「どんな気分だったね？」

有栖は顔を上げた。

「その……。ちょうど夢を見ているようでした。あたしとビショップは、その夢のなかのあたしを見ながら話をしていました。あの……。あたしはどんな風だったんですか？」

「あなたはただ、じっと目を閉じていただけですよ」

「何もしゃべらなかったのですね？　例えば催眠術にかけられたときのように……」

「何も。ただ黙って目を閉じていただけだ。だから、私たちには何が起こっているのかわからなかったのですよ」

西田は、ビショップに尋ねた。

「……それで、知りたいことはわかったのかね？」

ビショップはうなずいた。その態度は自信に満ちていた。

「どういうことになってるんだ？」

ビショップは有栖のほうを見た。

有栖はなぜか気恥ずかしくなって目をそらしうつむいてしまった。

そのふたりの様子を西田が不思議そうに見ていた。

ビショップは言った。

「事態はそう複雑ではない。彼女は、無意識のうちに、この宇宙に照準を定めていた。と、いうことは、この宇宙の彼女と単純に入れ違っていることを意味している」

「悪くない知らせだと思うが」

西田は言った。「この宇宙に照準を定めていたというのはどういうことなんだ？」

「我われのやりかたに、きわめて近い、ということだ」

「我われのやりかた？　時空の旅のことを言っているのか？」

「そう」

「有栖は、この世界がどんなものか、あらかじめ知っていたような言いかたただな……」

「知っていたと思う。もちろん、本人は気づいていなかっただろうが……」

西田は有栖を見た。

有栖はその視線に気づいたが、顔を上げなかった。彼女には考えるべきことがあった。

西田は慎重に尋ねた。

「つまりそれは、さっきの『時間の仕切り棚』の話で言うと、有栖の意識以外の棚のことを有栖は知っていたということなのか？」

「別に不思議はない。多くの宗教家、預言者、超能力者などはそれができる。ごく一部の芸術家もそうだ。彼女は、この私に対する記憶も持っていた」

西田はグッドマン博士を見た。グッドマン博士は小さくかぶりを振って見せた。もはや問題は自分の手を離れた、といった態度だった。

「もっとも、彼女の場合、ごく近い平行宇宙にしか目がとどかないようだが、それでも普通の人間にとってはすばらしい意識のレベルの高さだ」

「ごく近い平行宇宙？」

グッドマン博士はその言葉に反応して訊き返した。「何をもって近いとか遠いとかを測るんだね。もちろん、空間的な距離や時間的な距離ではないだろう。そんなものは四次元時空では無意味なはずだ」

「そう。平行宇宙の間の距離というのは、意識の距離だ。言い替えれば、違和感の大小ということになる。彼女がいた宇宙とこの宇宙はきわめて近い。ほとんど隣り合っていると言っていい」

「たいへん望みのあるいい話を聞いているように思うのだが」

西田が言った。「彼女はなぜか沈み込んでいる。なぜだろうな？」

「この宇宙へ来なければならなかった理由について考えているのだろう。彼女は、おそらくその理由を自分で認めたくないのだと思う」

ビショップの言葉に、有栖は、はっと顔を上げた。

西田は有栖に尋ねた。

「ここまで来たら、僕たちはすべてを聞く権利を持っていると思う。いったい、その理由というのは何なのだ？」

有栖は返答に困った。

彼女は助けを求めてビショップを見た。ビショップはそれに気づいて言った。

「たいへんプライベートでデリケートな事柄だ」

「ほう……」

西田は不満そうにうなずいた。「じゃ、話題を変えるとしよう。彼女は、もとの宇宙に戻れるのかね？　そして、この宇宙にいた有栖——僕の婚約者の有栖は戻って来るのかね？」

「それは彼女次第だ」

「彼女次第？　君は、彼女を助けに来たと言わなかったか？」

「もちろん手助けはする。しかし、平行宇宙への旅、時空の旅は他人の力ではできない。あくまでも自分の力でやるしかないのだ」

「……で？　彼女はそれをやれると思うかね？」

「この宇宙に来なければならなかった理由を正しく理解し、自覚し、またもとの宇宙に戻るべきだと彼女が心の底から考えているなら、可能だと思う」

西田は溜め息をついた。

ビショップは、あくまでも冷静で、興奮して食ってかかるのが何だか恥ずかしくなってくる。

有栖には西田の苛立《いらだ》ちがよくわかっていた。

西田はこの世界の有栖を愛しているのだ。それはまったく間違いない。問題なのは、異なった宇宙から来た有栖と、彼の婚約者であった有栖をしっかり区別しきれていないという点だった。

理屈では西田もわかってはいるのだろう。ところが、心のどこかで「こんなことがあってたまるか」という気持ちが働いているのだ。

そのため、目のまえの有栖にもやはり愛情を注いでしまうのだ。

そして、有栖のために何もしてやれない自分がもどかしいに違いなかった。

グッドマン博士が好奇心を露わにビショップに尋ねた。

「君は、現実の時空が、フレッド・ホイルの言った『時間の仕切り棚』の例に合致していると言ったね。つまり、ホイルは言っているわけだ。『すべての物事や出来事があらかじめ存在している』と……」

「そうだ」

「そうすると、有栖さんが平行宇宙を移動するという出来事も、あらかじめ定まっていたわけだ」

「そういうことになる」

「そして、ここからがややこしいのだが――」

グッドマン博士は考えながら言った。「ここにいる彼女を仮に『有栖A』と呼ぼう。かつて私たちの宇宙にいた彼女が『有栖B』だ。二日まえの夜、『有栖A』と『有栖B』が入れ替わった……」

ビショップはうなずいている。

西田は、博士が何を言おうとしているのかまだ理解が及ばず、真剣に耳を傾け、頭を働かせていた。

「『有栖A』がこちらの宇宙に来てからも、時間の枝分かれが常に進行しているはずだ。したがって、今、私たちの目のまえにいる『有栖A』は、本当は『有栖A′』なのかもしれないし『有栖A″』なのかもしれない。そして、むこうの世界の『有栖B』も『有栖B′』、『有栖B″』の宇宙を創り出していることだろう。それらを明確に区別する手段はあるのかね？　あるいは、それは区別する必要のないものなのかね？」

ビショップは落ち着いてこたえた。

「それは彼女の『世界線』をたどることで解決できる。あなたの言うように、彼女の『世界線』は刻々と枝分かれしている。その支流をさかのぼって本流に当たるところを発見し、そこへ戻ればいいのだ」

「つまり、『世界線』における過去に戻るということだね。そこで、さきほどの問題だ。彼女が平行宇宙を移動するということは、あらかじめ定まっているのではないのかね。『世界線』の過去の一点に彼女を連れ戻しても、また同じことが起こる。そこで時間の輪《ループ》が作られる恐れがある。つまり、同じことが永遠に繰り返される。アインシュタイン方程式のゲーデル解が示すように……」

西田は、今やグッドマン博士の言いたいことを完全に理解していた。彼は愕然《がくぜん》としてビショップを見つめた。

有栖もグッドマン博士が説明した恐ろしいイメージに蒼《あお》ざめて、思わずビショップの顔を見た。

同じ時空をたどり、旅の宿で異なった平行宇宙のひとつに移動し、そこへビショップが現れる。

ビショップのおかげでもとの世界に戻るがやがて旅に出て、グッドマン博士に会い、その夜、異なった平行宇宙のひとつに移動する。そして、またビショップが現れ――。

それだけを永遠に繰り返す人生――それは確かにたいへん恐ろしいイメージだった。

ビショップはあくまで冷静だった。

彼はゆっくりとかぶりを振った。

「博士が今言われた時間の輪のパラドックスは、平行宇宙によって回避される。つまり、過去の一点に戻った有栖さんに、ひとつだけ違った行動――それも決定的な意味を持つ行動を取ってもらうのだ」

「なるほど――」

グッドマン博士はうなずいた。「そのことによって、有栖さんはここへ来るのとは別の『世界線』を進み始めることになる」

「言い替えれば『宇宙の郵便配達』に、宇宙を平行移動することが書かれている棚をのぞかれないで済むということだ」

「だが、過去に戻った時点で、有栖さんはその瞬間を現在と思うわけだから、その時点から過去の記憶しか持っていないはずだろう。我われとこうして話し合った記憶はもちろん、自分が異なった宇宙に移動してしまうという記憶も持っていないはずだ。どうやって違った行動を取らせることが可能なんだね？」

「彼女の能力に頼るしかない。未来の記憶を持つことのできる能力だ。過去のある時点に戻ったとき、あなたが言われるように、彼女は、その時点を『現在』であると認識し、そこから先の記憶は一掃される。しかし、ある決定的な選択の瞬間に、潜在意識に残った記憶が、彼女に囁《ささや》きかけるだろう」

「……まるで、運命か神の囁きのように……？」

グッドマン博士は言った。

ビショップはうなずいた。

「そう。運命か神の囁きのように、だ。そのことで彼女は、ここへ来るのとは別の宇宙を創り出すことになり、時間の輪は回避される」

「あの……」

有栖が顔を上げて、言いづらそうに言った。

「すいません。ビショップとふたりだけで話がしたいのですが……」

グッドマン博士と西田は顔を見合わせた。

西田は明らかに不満の表情だった。ほとんど傷ついているといってもよかった。しかし、彼は、誰よりも自分が有栖の力になることを望んでいるのは明らかだった。しかし、この場合は何もできなかった。

グッドマン博士が言った。

「もちろんかまいません。私たちはしばらく書斎へ行っていることにしましょう」

グッドマン博士は立ち上がった。西田はそれに従うしかなかった。

書斎はひんやりとしていて、革のにおいがした。革の表紙のついた本がたくさん並んでいるからだった。

ドアから見て両側の壁は書棚になっており、天井の高さまでぎっしりと書物がつまっていた。

部屋の一番奥に、窓を背にする形で机が置かれている。両袖のどっしりした木材の机だった。

全体的に深い色で統一され、まさに思索のためにある部屋という印象だった。

唯一、机の脇にあるパソコンが部屋の雰囲気になじんでいなかった。

しかし、今や物理学者にとってコンピューターはなくてはならない物なのだろうと西田は思った。

グッドマン博士は来客用の肘かけのついた椅子を西田にすすめ、自分は、机に向かってすわった。

「私は、今回のこの出来事が、まだ夢ではないのかと疑っているよ」

グッドマン博士が葉巻を取り出して言った。

「夢なのかもしれませんよ」

西田が言った。「現実と夢の区別は、本当に目覚めているときにしかつけられません。今、自分が本当に目覚めていると断言する自信は、僕にはありません」

「しかし、不思議な男だ。あのビショップという男は……」

「その点については僕のほうが面食らってます。有栖の作品を通じて、僕はよく彼のことを知っているのです。でも、会ったのは今回が初めてなのですから……」

「そうだろうね」

グッドマン博士は、葉巻を一本取って西田にすすめた。

「本当は煙草をやめようとしていたのですが……」

苦笑いして西田は葉巻を受け取った。

グッドマン博士が言った。

「他人を禁断の世界へ誘い込むのは、たいへん楽しいものだ」

西田が葉巻のセロファンをはがすと、グッドマン博士は、卓上型ライターの火をつけて手を伸ばした。

西田は、充分に火がつくまで何度も葉巻をふかした。

ふたりの男は、まるで密かな楽しみを共有するかのように、ゆっくりと葉巻を味わった。

「私は初めて神にきわめて近い存在に出会ったのかもしれない」

遠くを見る目つきで、グッドマン博士が言った。「ビショップは我われが天使と呼んでいた存在に近いような気がする。神と人をつなぐ霊的存在だ」

「神とか天使を認めるのですか?」

「否定はしない」

グッドマン博士は言った。「まえにも言ったがね、私は神のいとなみを方程式にできると信じているだけなのだ」

「なるほど……。ビショップですがね、僕も彼を見ていて思い出したものがあります。観音菩薩というのですがね。人々を助けるために絶えず飛び回っている仏様なんですよ」

16

有栖は両手を組んでじっとその手を見つめていた。

ビショップは何も言わなかった。有栖が話し始めるまで待つつもりでいるのだった。

有栖はうつむいたまま、ようやく口を開いた。

「あたしがこの世界に来なければならなかった理由……。あなたは知っているのね」

しばらく沈黙の間があった。

静かなビショップの声が聞こえてきた。

「見当はついている。そして、おそらく間違ってはいないだろう」

有栖は顔を上げてビショップを真っすぐに見た。

「本当なの？　あたしがこの世界に来ることを望んでいたから、こんなことが起きたなんて……」

「それも間違いはない」

「それじゃあ……」

有栖は言葉を探してから言った。「それじゃあ、あたしは、西田さんが好きだから、西田さんに愛されたいから、こんなに遠い世界まで来てしまったというわけ？　西田さんと婚約したあたしと入れ替わろうとして、この世界に来てしまったというわけ？」

ビショップはあっさりとうなずいた。

「そのとおりだと思うが……」

「そんな……」

有栖はビショップから目をそらした。「あたし、そんなことは一度も考えたことはなかった。あたしは西田さんを恐れていたのよ。あたしが本当に好きだったのは、ビショップ、あなたなのよ」

「残念ながら、それは本当ではない。君がそう思い込もうとしていたため、いつしか自分をあざむくようになっていただけだ」

「そんなことないわ」

「そうなんだよ」

ビショップの声はやさしかったが動かし難い事実を述べるときの威厳があった。

「君は西田さんを愛していながら、それはいけないことだと思っていた。愛していることを否定し続けた。それが、恐れを助長していたと言ってもいい」

「私の、あなたに対する想いは何だったと言うの?」

「私は君にとっては現実の存在ではなかった」

「今、現実となっているわ」

　ビショップは首を振った。

「君も知っているとおり、私は時空を旅し続ける旅人だ。君と同じ世界には住めない」

「あたし、本当にビショップが好きだった。これまでずっと。そして、たぶんこれからも……」

　ビショップは有栖を見つめていた。

「人は人を見て恋をする。恋をしたときに、相手の幻想を創り上げる。そして、恋人にその虚像を重ね合わせて見つめる。恋する者の多くはその虚像に恋をしている。そういう意味では、虚構の人物に恋をするのも、現実の人物に恋をするのも大きな違いはないということになる」

「そうよ。そうだわ……」

「それがまっとうしきれるほど強い意志力があるのならいい。だが、多くの人間は、虚構性のむなしさに気づき耐えきれなくなり、現実味のある恋をするようになる」

「あたしは違うわ」

「君の場合もそう違わない。君は西田さんへの想いから目をそらすために、虚構の恋へと逃げ込んだのだ」

有栖は否定しようとした。

でも反論の言葉が見つからなかった。彼女は心の奥底ではビショップの言うことを認めているのだ。

しかし、このままビショップの言葉を受け入れてしまうわけにはいかなかった。

「でも、あたしはこっちの世界へ来てから、あまり親しげな西田さんの態度に、本当にいやな気分を感じていたのよ」

「事態が呑み込めていなかったからに過ぎない」

「ただそれだけとは思えないわ」

「君は戸惑ったのだ。そして恐れた。事態の急変は、君にいろいろな疑いを持たせ、そのために君はよくない想像の世界に入っていった。西田さんを恐れて嫌悪したのはそのせいだろう?」

ビショップの言うとおりだった。

事実、昨夜は、西田が短時間いなくなるだけで、せつなくなり、泣き続けていたのだ。

「この世界にいたあたしはどうしているかしら?」

有栖は言った。「あたしの世界にいた西田さんは、ずっと冷たいのよ。きっと傷ついているわ……」

「正常な因果律に従っていない限り、あちらでも不都合なことが起こっているだろう。傷ついているというのは適切な言葉かもしれない」

ビショップの表現は、外科医のように冷徹に有栖に響いた。

「あなたは、むこうのあたしを助けには行かないの？」

「むこうの君は、君より多少現実的な考えかたをする。君は私を呼んだ。むこうの君は、私を呼ばずに、実際に西田さんに電話をした。だから、私はこちらへ来た」

「彼女が電話したとき、彼女はまだこちらの世界にいたのよ。つまり、むこうの世界では、あたしは西田さんに電話していない。彼女は一晩中たったひとりで熱にうなされていたということになるわ」

有栖は、この世界の自分を『彼女』と呼んでいることに違和感を感じなかった。

ビショップは言った。

「この宇宙と君の宇宙はごく近いと言ったのを覚えているだろう？　それは、ふたつの宇宙の出来事がたいへん似通っていることを意味している。君がいた宇宙でも、今ごろは西田さんが車で駆けつけ、グッドマン邸でパーティーを開いていることだろう。ただし、この私は出現していない」

有栖はうつむいた。

「あたしはひどく恥ずかしい思いをしているわ」

ビショップは黙って話を聞いていた。

「だって、あたしは、この世界の自分から西田さんを取り上げるためにやって来たことになるのよ」

「意識してやったことじゃない」

「だから、なおさら恥ずかしいわ。心の奥でそう思いながら、表面を取りつくろっていたなんて……」

「自分の気持ちに気づく必要があったんだ。君はそのためにここへやって来た。西田さんを奪うために、じゃない」

「自分の気持ちに気づくために……？」

「そう。その証拠に、君はこの世界に居すわる気はないはずだ」

「ええ。もとの世界へ戻りたいわ」

ビショップはうなずいた。

「その気持ちが強ければ強いほど、もとの世界に戻れる可能性は大きくなる」

「充分に強いと思うわ」

「ふたりきりの話はこれくらいでいいだろうか？」

有栖はうなずいた。

ビショップは立ち上がった。

「それでは、博士と西田さんを呼んで来ることにしよう。ふたりに別れの挨拶をしたいだろう?」

「それじゃ、これから……」

「旅立つ準備に取りかかる」

そう言うとビショップは書斎のほうへ歩いて行った。

有栖は一気に緊張感が高まるのを感じていた。

三人がビショップに注目していた。

ビショップがこれから有栖を連れて、時空の移動をするという。

ビショップは、グッドマン博士と西田に言った。

「ついては、ふたりにある選択をしてもらわなければならない」

「何だね、その選択というのは?」

「この平行宇宙への旅がうまくいけば、もとの彼女が帰って来る。ひとつの宇宙に同時に同じ人物の世界線が存在することは不可能だから、ここにいる有栖嬢がもとの世界に戻ったとたん、最短距離のコースをたどって彼女が戻って来る」

「最短距離のコースをたどって？」

「そう。ここにいる有栖嬢は『平行移動』が起こるまえの時空へ戻る。むこうにいる有栖嬢は、『平行移動』が起こった後の時空から、この場、この時点に戻って来る。むこうのグッドマン邸のリビングルームからこのグッドマン邸に。ここにいる有栖嬢は、『平行移動』した記憶がなくなるが、逆に、ここに戻って来る有栖は、この時点までのすべての記憶を持っていることになる」

「つまり、『宇宙の郵便配達』が、ぴょんと番号を飛ばして、離れた棚をのぞくというわけだね」

ビショップはうなずいて言った。

グッドマン博士が言った。

「ここにいる有栖嬢が戻った世界では、彼女の潜在的な意識の働きによって、平行宇宙への移動は回避される。つまり、むこうの世界のあなたたちは、平行宇宙への移行という異常事態に立ち合わなくて済む。しかし、今、ここにいるあなたたちは、このままでは、その記憶を持ち続けることになる。ここに戻って来る彼女も、だ。選択してもらいたいというのはそこのところだ」

「ふむ」

一声うなってからグッドマン博士が言った。

「私たちも、彼女が平行宇宙へ移行するまえの時点に戻るかどうかということだね？」

ビショップはうなずいた。

「今回の出来事をきわめてわずらわしいものと考えているのなら、有栖嬢がそれを回避するのと同じやりかたで――つまり、別の平行宇宙をひとつ枝分かれさせて、そちらへ進むことで、立ち合わずに済むことができる」

グッドマン博士はしばらく考え込んだ。

西田も同様に考えていた。

やがてグッドマン博士が言った。

「この出来事が起こるまえに戻って、別の宇宙へ行ったとする。だがしかし、私たちはもちろん気づかないだろうが、この出来事に立ち合う私たちも別の宇宙にはちゃんといるわけだね」

ビショップはうなずいた。

「そう。あらゆる可能性の宇宙があらかじめ用意されている。ここでこうして話し合っている世界もこのまま残り続ける。あなたがたはその記憶をなくすわけだ」

「私はそんな残念なことはしたくないね」

グッドマン博士は言った。「私は、平行宇宙を移動した若い女性がいるということを受け入れたい。この世界に残り続けるよ」

ビショップはうなずいてから西田を見た。

西田は言った。

「ひどい思いをしてここへ戻って来るのは、僕の有栖だ。彼女がもし傷つき、ひどいショックを受けているとしたら、それを癒やすのは、この僕の役割のような気がする。僕はどこへも行けない。彼女が戻って来るのをここで待つ」

「わかった」

ビショップは言った。

有栖はその西田の言葉を聞いて、なぜだかひどくせつなくなり、涙を流しそうになった。

また、あたしは自分で自分に嫉妬している——有栖はそう思った。

もとの世界に戻ったら、二度と今のような言葉を西田から聞くことはないような気がした。

「さあ、用意はいいかね?」

「用意って……」

ビショップは有栖に言った。

「心の準備のことだ」

「ちょっ……、ちょっと待ってください……」

有栖は胸が高鳴るのを感じていた。「この旅が必ずうまくいくとは限らないわけでしょう?」

ビショップは、無表情に有栖を見つめていた。

「本当のことを教えて」

「いいだろう。君は、例えば、まったく生命が誕生しなかった平行宇宙へ移動してしまうかもしれない。そこで、窒素や亜硫酸ガスのために、たちまち息絶えてしまう可能性もある」

「だが、そういう宇宙は、この宇宙からは、はるか遠いのだろう?」

西田が言った。「その……、さっき、あんたが言った違和感による距離で言うと……」

「そのとおりだ。だから、その可能性は小さい。いちばん危険なのは、宇宙と宇宙の間、つまり亜空間から抜け出せなくなることだ。無限に亜空間をさまよい続けることになる」

「どうすれば、それを防げるの?」

有栖が尋ねた。

「強い意識を持つことだ。迷わず行きたい場所と時間を思い浮かべるのだ」

「どうやって彼女を連れ戻すか、たいへん興味があったのだが――」

グッドマン博士が言った。「さきほどの調査の方法を見、今までの話を聞いてようやくわかった気がする。君は、何か特別な粒子振動を利用する機械とか、そういった物を使って旅をするわけではないのだね。きわめて精神的な方法で、時空を行き来するわけだ」

「そう。当然だ。時間やすべての物理現象が観測者――つまりは関与者の意識に深く関係しているという話をしたばかりだ」

「そうだったね」

ビショップは有栖のほうを見た。

「さ、いいかね」

「もとの世界の過去に戻ったあたしは、もうビショップに会ったことを覚えてないのね」

ビショップはうなずいた。

「あくまでも私は、君が創り出したキャラクターとして、君のなかと、そして君の作品のなかだけで生き続けることになる」

有栖の目にゆっくりと涙があふれてきた。

有栖は気丈にその涙をぬぐって顔を上げた。

「会えてよかったわ、ビショップ」

「私もだ。さ、戻るべき場所と時間を心に浮かべるのだ。目を閉じて」

有栖は言われるとおりにした。

彼女は、二日まえの夕暮れを思い出していた。

手を出せば触れることができるような気がするほど濃く青い夕闇。

彼女は縁側でひとりその夕暮れの風景を見つめていた。

手を出すと、白い小さな手が闇に溶けるように青く染まった。

有栖は気づかなかったが、そのとき、ビショップがすぐそばまで来ていた。

彼はさきほどと同じように、有栖の頭上に両手をかざしていた。

有栖は、夕暮れの縁側の情景をしっかりと頭に焼きつけた。

そのとたんに、気が遠くなっていった。

急速に眠りに落ちていくような気分だった。

グッドマン博士と西田は、信じ難い光景を目撃していた。

ビショップの姿が、陽炎《かげろう》に包まれたようにゆらゆらとゆらぎ始め、やがて、何か実体のない立体映像のような感じになった。

しだいに頼りなくなっていくビショップの姿はやがて完全に空間から消失した。

そのとき、有栖は、気を失う寸前だった。

なぜか、気を失う瞬間、有栖は、真っ暗闇のなかを歩き回る鵺《ぬえ》への恐怖感をありありと思い出していた。

そして、彼女の意識はとぎれた。

グッドマン博士と西田は、椅子の上でがっくりと気を失う有栖を見た。

しかし、ふたりはどうしていいかわからず、身動きも取れずにいた。

17

有栖は夢を見始めていた。

彼女は闇のなかにふわりと浮かんでいた。

闇は何か密度のあるもので満たされているようだった。

その暗闇のなかで、無数の何かが動いている。

よく見ると銀色の細い糸のようなもので、弓の弦を弾いたときのように、絶えず振動を続けていた。

弦は、形も大きさもすべて同じようだったが、その振動のしかたはまちまちだった。

闇を満たしているものを通して、その振動が伝わってくるような気がしていた。

それは、さまざまな音としてとらえることができた。

大きな音、小さな音、高い音、低い音、継続する音、断続的な音――それは、見事な調和を保っていた。

彼女は、たったひとりで、無数の弦が振動する闇を漂っていた。

しかし、すぐ近くにビショップがいるのを感じていた。

彼女はビショップに尋ねた。

〈この小さな弦は何？〉

ビショップのこたえが返ってきた。

〈君は今、宇宙の本当の姿を見ているんだ〉

〈宇宙の本当の姿？〉

〈ミクロの宇宙だ。素粒子は、つぶではなく、実は、このような小さな振動する弦だったのだ〉

〈美しいわ……〉

〈そう。宇宙の調和は美しい〉

〈ええ……〉

〈さあ、急ごう〉

彼女の体が移動し始めた。

有栖は目覚めた。

彼女は、土間に倒れていた。

手に棒を持っている。頭がひどく痛んだ。彼女は起き上がろうとして、顔をしかめた。

棒を持つ手に血が流れていた。

何かの獣のすさまじいうなり声が聞こえる。

〈いったい、どうしたというの?〉

有栖は完全にうろたえた。

彼女は、まだグッドマン邸でのパーティーの後の記憶を持っていた。

ビショップのことも覚えている。そして、自分たちが時空の旅をしたことも。

本来の自分の宇宙に戻り、自分の世界線の過去にたどり着いたならば、それらの記憶はなくなるはずだった。

こたえはひとつだった。彼女は第三の宇宙の有栖と入れ替わったのだ。

土間の隅で、鴞とグッドマン博士が睨み合っていた。

グッドマン博士は、何とか鴞の関心を有栖からそらそうと懸命に努力していた。彼は、土間に立てかけてあった古い鍬《くわ》を手に戦っていた。

大きな鴞だった。ドーベルマンほどの大きさがあった。

猿のような頭には長いたてがみがあり、それがふさふさと揺れている。すさまじい形相で鋭い牙をむいている。

茶褐色の胴体のいたるところに筋肉のこぶができている。まるで羆《ひぐま》のような体形だ。

四肢は、まるっきり虎のそれと同じだった。

虎のように縞があり、たくましく、長い鋭い爪がついている。

尾は、蛇そのものだった。くねくねと動き、鵺の怒りを表している。

有栖は右腕にけがをし、さらに頭の芯がひどく痛んでいた。

痛みを押して起き上がり、呼びかけた。

「グッドマン博士……」

博士は鵺を睨みすえながら怒鳴り返した。

「早くここから逃げるんだ。この世に鵺ほど恐ろしい動物はいない」

有栖はこれと似たようなことがあったのを思い出していた。デ・ジャ・ヴのような気分だった。

だがこの鵺は第二の宇宙で目撃した鵺とはまったく別の生き物のように見えた。

あのとき、鵺はこそこそと逃げ回っていた。だがこの宇宙では、どうやら有栖に襲いかかって来たようだった。

グッドマン博士はさらに言った。

「早く！　早く逃げたまえ！」

「でも、博士が……」

「私の家の応接間に散弾銃がある。それを持って来るんだ。このままではふたりともやられてしまう」

「わかりました」

　彼女は、じりじりと鴉を見ながら後退し、玄関を出ると、傷の痛みと戦いながら駆け出した。

　有栖はグッドマン邸内を駆け回り応接間を探した。

　首筋から背中が凍りつくように冷たかった。心臓が左胸で躍っている。

　応接間のガラスケースに散弾銃が収まっていた。鍵がかかっている。

　有栖は真鍮製の天使の置き物で、ガラスを叩き割り、ウインチェスター・モデル96F狩猟用上下二連銃を手に取った。

　ひどく重く感じた。

「いったん、もとのところへ戻ったほうがいい」

　静かな声がして振り向くとビショップが立っていた。

「でも、グッドマン博士が殺されてしまうわ」

「この世界の有栖に任せておけばいい。これは、君の問題ではない」

「でも、こうなってしまった以上、そんなことできないわ」

　有栖は駆け出そうとした。

「待つんだ」

ビショップは言った。

「博士のところへ行かなくちゃ」

「その銃の薬室はおそらく空だ。実弾を入れて銃を飾っておく人間はいない」

ビショップは銃が入っていたガラスケースの下についている引き出しを開けた。

散弾実包の箱があった。

ビショップは、ウインチェスター・モデル96Fを折って薬室を開き、実包をふたつつめた。薬室を閉じると、有栖に言った。

「これで引き金を引けば、散弾が飛び出す」

有栖は銃を受け取った。

「あなたは来てくれないの？」

「残念だが、この世界では君以外の人間に姿を見られるわけにはいかないんだ」

「わかったわ」

「気をつけるんだ。ここで死んでしまったら、私は絶対に君を連れ戻せなくなる」

有栖はうなずいてから駆け出した。

突然意識を取り戻して立ち上がった有栖を見て、グッドマン博士と西田はびっくりしていた。

有栖は不思議そうに周囲を見回して言った。

「ここはどこ？」

グッドマン博士は眉をひそめて言った。

「私の家のリビングルームだ」

有栖は、グッドマン博士をしげしげと見て言った。

「鴇はどうなったの？」

「鴇？」

「やっつけてくれたのね？」

「鴇を？」

「私を襲った鴇よ」

「鴇が人を襲う？」

西田が笑い飛ばそうとした。

有栖は、きっと西田を睨んだ。西田は笑うのをやめた。

有栖が言った。

「鴇がどんなに恐ろしい生き物かよく知ってるでしょう」

グッドマン博士と西田は顔を見合わせた。

グッドマン博士は西田に言った。

「この有栖さんは、君が待ち望んでいる有栖さんかね？」

「どうやら違うようですね……。何か事故が起こったようだ」

「つまり、我われのまえに第三の有栖が出現したわけだ」

「ふたりとも、気でも違ったの？」

有栖はヒステリックに言った。「いったい何の話をしているの？」

グッドマン博士はおだやかに言った。

「まあ、落ち着いて……。安心して腰かけるんだ」

有栖は、挑戦的にグッドマンと西田を見すえていたが、やがて、腰を降ろした。

グッドマン博士が尋ねた。

「気がつくまえ、何があったか話してくれんかね？」

有栖は苛立って言った。

「何があったですって？　博士とあたしはいっしょに……」

グッドマン博士は両手を上げて有栖を制した。

「わかっている。すべてわかっているんだ。だが、君の口から事実を聞きたい」

有栖は不審げにふたりを見てから言った。

「あたし、強く頭を打ったかどうかしたのかしら……」

「その恐れもあるんだ」

グッドマン博士が言った。

「あたしがひとりでいるときに、鴉が襲って来たのよ、何かいる、と思ったときは、もう遅かったわ。あたし、土間にあった棒で必死に戦ったんだけど、前足の爪で右腕をやられ、倒れたところに、グッドマン博士が来てくれたことは覚えてるんだけど……。あら？　右手のけが、どうしちゃったのかしら……？」

グッドマン博士と西田はあまりのことに絶句し、顔を見合わせた。

「何てことだ……」

西田はつぶやいた。「彼女はとんでもないところへ行っちまったらしいぞ……」

土間をのぞき込んだ瞬間に、グッドマン博士が鍬を鴉めがけて振り降ろすのが見えた。

鍬は鴉の肩口をかすめ、勢いあまって地面に叩きつけられた。

金具がはまっているところが折れて、鍬は、武器としての威力が半減してしまった。

鴉は、鍬の一撃をかわすと、身を翻してグッドマン博士に躍りかかった。

グッドマン博士は、鍬の柄を横に振って鴉の横っ面を打ちつけようとした。

鍬の柄は空を切り、鴉の爪がグッドマン氏の左肩に食い込んだ。

グッドマン博士は、その勢いで弾き飛ばされ、障子を破って囲炉裏の間へ倒れ込んだ。

有栖は思わず悲鳴を上げていた。

鴞は有栖のほうを見た。

これまでに見たどんな生き物よりも恐ろしく見えた。

有栖は腰から下の力が抜けるのを感じた。

グッドマン博士は気を失っているか、ダメージが大きいのかのどちらかで、囲炉裏の間で倒れたまま動かなかった。

鴞がゆっくりと、有栖のほうに体の向きを変えた。

有栖は散弾銃の銃床を右肩に当て、半ば目を閉じるようにして引き金を絞った。

有栖は発砲音の大きさにびっくりし、右肩にひどいショックを感じた。

台尻をしっかりと肩の筋肉の部分に押し当てていなかったので、銃の反動で鎖骨を強く打ってしまったのだ。

彼女は尻もちをつき、散弾銃を取り落としてしまった。

命中はしなかった。

それでもパターンの広がった散弾の威力は大きく、鴞の頭部の右半分が血まみれになった。

鴞はのけぞって、咆哮《ほうこう》した。恐ろしい声だった。

有栖は尻もちをついたまま立てなくなっていた。

ひとしきり苦悶した鶚は怒りに片目を光らせ有栖を睨んだ。

有栖はどうすることもできなかった。もう一度銃を拾い上げて撃つ気力はもはや残っていなかった。

鶚がゆっくりと前肢を折った。有栖に飛びかかろうとしているのだ。

そのとき、有栖のうしろから誰かが、散弾銃をひったくった。

鶚が有栖めがて宙に舞った。

有栖は目を閉じた。

銃声がとどろいた。

鶚に襲われた衝撃は感じなかった。

おそるおそる目を開ける。

ちょうど玄関を出たあたりのところで、血まみれの鶚が弱々しくもがいていた。

やがてその四肢が小さくけいれんを始め、それもぴたりとやんだ。

みるみる血だまりができていく。

有栖は気分が悪くなった。いくら息を吸っても苦しいような気がした。恐慌を起こしかけている。

それを、静かな声が救った。

「よく戦った」

振り返ると、散弾銃を持ったビショップが立っていた。「君は、グッドマン博士を救ったんだ」

「ビショップ……」

有栖はそのまま気を失った。

車のエンジン音が聞こえた。車は、家のまえで停まった。

ビショップはそちらを見た。

西田の声が聞こえてきた。

「おい、有栖。どうしたんだ。今の銃声は何だ」

ビショップの姿が陽炎《かげろう》のように揺れ、消え去った。

西田は、鴇の死体のそばに倒れている有栖を見て驚き、有栖に駆け寄った。

有栖は再び無数の銀色の弦のなかを漂っていた。

〈旅は失敗だった〉

ビショップの声が聞こえてきた。

〈ごめんなさい。あたし、出発するとき、一瞬、鴇のことを考えちゃったの〉

〈その恐怖心が、鴇と戦っている別の君の意識と引き合ってしまったのだ〉

〈これからどうするの？〉

〈旅に失敗した場合、出発点に戻るのが、我われの原則だ。その原則に従う〉

〈グッドマン博士のリビングルームに戻るのね？〉

〈そうだ〉

有栖の体は、見えない手に引かれるようになめらかに流れ始めた。


有栖は眠りから目覚めるような気分で目を開けた。

そこは、グッドマン邸のリビングルームだった。

グッドマン博士が、有栖に何事か話しかけていた。有栖はそれに気づいた。

「……それで君のけがの具合はどうだったんだね？　君が気を失ったとき、鴉は生きていたんだね？」

有栖は言った。

「鴉は、あたしとビショップで何とかやっつけてきました」

「ビショップ？」

西田が身を起こして訊き返した。

「そうです。何とかグッドマン博士の命も救えました。あたし、とんでもない宇宙へ飛び込んだみたいですね」

「おい。また入れ替わったのか？」

西田が言った。「ええと……。君はいったいどの有栖なんだ?」

ビショップがゆらりと現れ、実体化した。彼は言った。

「今回の事件を引き起こした有栖だ」

グッドマン博士と西田がはっとビショップのほうを振り向いた。

「それじゃ、戻って来ちまったわけか?」

西田がビショップに言った。

「旅に失敗した。そういうときは、出発点へ戻ることにしている。イメージが一番鮮明だからだ」

「失敗の原因は何なんだね?」

グッドマン博士はビショップに尋ねた。

「行き先への思いが足りなかったのだと思う。そのために、別の考えが旅に干渉した。彼女は、鴉への恐怖心によってコースを変えてしまったのだ」

「どうすればいいのかね」

「何か、決定的なイメージが必要だ。行き先を心のなかで常に鮮明に保てるような……」

「強い印象を残したような物かね? 思い出の品とか……?」

「そういった物だ」

西田は、グッドマン博士とビショップの会話を聞き終わると、有栖に尋ねた。

「どうだい？　何か思い当たる物はないかい？」

「あまりに漠然としていて……」

「今回の一件は西田氏との関わりで起こったことだ」

ビショップが有栖に言った。

有栖は、はっと顔を上げてから、すぐにうつむいた。

耳まで赤く染まるのが自分でもわかった。

「どういう意味なんだ？」

西田がビショップに尋ねた。

「それは訊かないでやってほしい」

ビショップは有栖に向かって続けた。「デリカシーのない発言と思われてもしかたがない。しかし、大切なことなんだ。その行き先を鮮明にイメージする物は、西田氏に関する物が一番だということだ」

有栖はうつむいたまま言った。

「そうは言われても、そんなに強烈な印象の物って思いつかないわ……」

しばらく沈黙があり、ビショップが言った。

「それではこの旅は不可能だ。また、さきほどのようなことを繰り返すだけだ」

18

ビショップの一言は、グッドマン博士と西田に大きな衝撃を与えた。

しかし、何といっても、最もショックを受けたのは有栖だった。

グッドマン邸のリビングルームは重たい沈黙に包まれた。

有栖はうつむいたままだった。

彼女は、ビショップが言ったような何かを思い出す努力をすべきだった。

それは彼女自身のためであり、そして、ここにいる西田と、この世界にいた有栖のためでもあった。

しかし、有栖は物を考えられるような状態ではなかった。

どうしていいかわからず、頭のなかが空白になっていくのを感じていた。

冷静にならなくてはならないことはわかっていた。

しかし、冷静になるどころか、心の均衡を保っているのがやっとという状態だった。

もし有栖がそれほど意志の強い女性でなかったら、わあわあと泣き続けていたに違いなかった。

たくさんの出来事があったわりには、時間は——通常の感覚でいう時間はそれほど経過してはいなかった。

食事を終えてから、たった二時間半ほど経ったに過ぎなかった。

時計は十時半を指そうとしていた。

有栖は、食事を終えてから起こった出来事のすべてを合わせたより、今の沈黙の時間のほうが長いと感じていた。

もちろんそんなはずはなく、実際には二分間ほどの静寂が続いていただけだった。

ついに西田が苛立ちに耐え切れず、ビショップに言った。

「何とか助けてやる方法はないのか？」

「ない」

ビショップは淡々と言った。「私は手助けをするだけだ。旅の行く先を決めるのも、コースを決めるのも、旅をするのも彼女自身なんだ」

「それはわかる」

西田は食い下がった。「だが、あんたは、時空のあらゆるところに顔を出せるわけだろう。彼女と、彼女の世界の僕の間にあった印象的な出来事とやらを探しに行くことはできないのかい？」

「できない。それはあくまで主観的な問題だからだ。他人の思い出まで測ることはできない」

「だが、さっきは、彼女の記憶を探りに行ったじゃないか？」

「あのときは行き先がはっきりしていた。行き先が曖昧なまま旅立てば、最も恐ろしい結果になる。つまり、亜空間を漂い続けるだけの存在になってしまう。同行するこの私もそのコースに巻き込まれてしまう。そんな危険は絶対に冒せない」

西田は舌打ちした。

有栖は、ビショップと西田のやり取りをぼんやりと聞いていた。ふたりの言葉は耳に入っていたが、頭には入ってこなかった。

ただただ悲しかった。

何とかしようという気力はすっかりしぼんでしまっていた。

グッドマン博士は必死に頭を働かせていた。考えることが彼の専門なのだった。

何か妙案はないかと博士は思索を続けていた。

しかし、結局、他人にできることは何ひとつないということに気づいたのだった。

グッドマン博士は、ひそかに小さな溜め息をついた。

彼は消極的な意見を出すことにとどめた。

「何度か今のような試みを繰り返してみてはどうかね？　偶然に然《しか》るべき時空にたど

り着く確率は決して低くはないと思うが？」

ビショップは首を横に振った。

「そういう旅は危険過ぎる。決してやるべきではない」

グッドマン博士はうなずいた。

「そう言われるだろうと思ったよ」

「有栖……」

西田は語りかけた。

名を呼ばれて有栖は、急に現実に引き戻されたような気になった。彼女は、はっと顔を上げた。

西田は言った。

「本当にこれといって思い出せることはないのか？」

有栖はまたうつむいた。

「ええ……」

彼女は小さくこたえた。

「例えば誕生日のプレゼントはどうだ？　君の誕生日は二月二十七日だったな？」

「いいえ。いただいたことはありません。その……。本当に西田さんとは、仕事の上だけのお付き合いで……」

「まったく君の世界の僕はどうしようもないやつのようだな……」

有栖は何も言わなかった。

今では、そんな西田が好きだったのだということをはっきり認める気になっていた。

そう思うと、堪《こら》えていた涙がついにこぼれてしまった。

一粒こぼれてしまうと、涙はとめどなく流れ落ちた。

有栖はハンカチを出し、必死に涙を止めようとしていた。

「ごめん」

西田が言った。「そんなつもりで言ったんじゃないんだ」

有栖はうつむいて、顔にハンカチを当てたまま、何度も首を横に振っていた。

〈そのことで泣いてるんじゃないんです〉

その思いは言葉にならなかった。

グッドマン博士と西田はまた、困り果てたように顔を見合わせた。

ビショップはただ黙って有栖を見つめているだけだった。

彼は、有栖が勇気を取り戻すのをじっと待っているのだった。

実際、必要なのは勇気だった。

現実に起こったこと、起こりつつあること、起こるであろうことに、真っすぐに目を向ける勇気だ。

有栖の自制心はやはりたいしたものだった。彼女は、嗚咽《おえつ》を洩らすこともなく、涙を止めてしまった。

彼女は歯を食いしばって耐えていた。

西田はその姿に、心を打たれるものを感じた。

彼はあることを考え始めていた。

それは彼にとってたいへんつらく、残念なことだが、また、新しい可能性をも秘めたことだった。

有栖がさらに落ち着きを取り戻すのを待って、彼はその考えを口に出した。

「ビショップがここに現れるまえに、ふたりで話し合ったことを覚えてるね？」

有栖はこたえなかった。

彼女は戸惑っていた。西田が何を言おうとしているかわからなかった。いろいろな話を聞き過ぎて、西田とふたりで話し合った内容を咄嗟《とっさ》に思い出せなかったのだった。

有栖の様子を見ながら、西田は慎重に言った。

「僕たちは、君の身に起こっていることについて、グッドマン博士にいろいろ尋ねてみるべきだと相談した。そして、もしかしたら、グッドマン博士も、こうした事態を解決できないかもしれないと話し合った」

西田はグッドマン博士のほうを見て、一言あやまった。「失礼な言いかたですが、この際ですので……」

「かまわんとも。事実だからね。それで？　私は、その先の話に興味がある」

「そのことが明らかになったとき、どうすべきか、僕たちは話し合ったはずだ」

有栖は、はっと顔を上げた。

ビショップがその反応を見て、何事か考え、西田と有栖を見比べた。

「そう」

西田は言った。「そのときは、君はこの世界で暮らしていく覚悟をしなければならないという結論になったはずだ。君は、この世界の菊池有栖になり、そして……、そして、僕の有栖になるんだ」

有栖は西田をじっと見つめていた。

目が赤かったが、精神状態はしっかりしていた。

〈今の私に、そんな大切な判断が下せるだろうか？〉

有栖の心は激しく揺れ動いていた。

西田は有栖をしっかりと見返して言った。

「もし、君がその覚悟を決めたというなら、僕はそれでもかまわない」

有栖は目をそらし、下を向いてしまった。

「まあ、結論を急ぐことはないが……」

西田は、言い訳するような口調で言った。

グッドマン博士が言った。

「ビショップ。君は、彼女がやって来た世界とこの世界は、心理的な距離で言うと、たいへん近いと言っていたね」

「そのとおりだ」

「量子の運動から星々の振る舞いまで、あらゆる選択が行なわれるごとに、宇宙は枝分かれして、平行に走り始めるわけだ。だとしたら、有栖さんがこちらの宇宙へ来てからも、何度か枝分かれして、新しい宇宙ができ、新しい有栖さんが生まれているわけだね。その新しく枝分かれした宇宙と、もとの宇宙と、実際どれだけの差があるのだろう?」

「客観的な意味で言うと、ほとんど差はない。問題は、有栖自身の主観の問題なのだ」

「ふむ……」

グッドマン博士は一呼吸置いてから、有栖に言った。「聞いてのとおり、客観的に考えれば、ごく近い宇宙にいる限り、大きな問題はないようだ。君がこの世界に残るというのなら、私は歓迎するよ」

有栖は顔を上げた。

何か反論しなければならないという気がした。

だが何を？

わからなかった。

彼女は最初に頭に浮かんだことを西田に訴えた。

「この世界の漫画家菊池有栖は、きわどいセクシーな描写で人気を得ていると言ってましたね。あたしはそんな漫画を描いたこともないし、描こうとも思いません」

「そういった問題は、この場合、ささいなことと考えていいんじゃないのかな？」

「でも、あたしは、今の仕事を失いたくないんです。何があろうと漫画を描いて生きていきたいんです」

「それは、ふたりで話し合っていけば、必ず解決できる問題だと思う」

「でも……、でも、あたしの世界に行っちゃったあたしはどうなるんですか？　せっかく西田さんと結ばれようとしていた、彼女の幸せは……？」

西田はほほえんだ。

「この世界にいた君なら、むこうへ行っても必ずうまくやるよ。むこうの世界の僕をきっと手に入れるだろう」

またしても、訳のわからない嫉妬を感じた。

だが、西田もグッドマン博士も、すでに、彼女がここに残る覚悟をするように説得を始めているのだった。
もう戻る可能性はないのだろうか？
私と西田さんの間には、これほどまでに何もなかったのだろうか？
おそらく自分は、それに気づく必要を感じてこの世界へやって来たのだ――有栖は
ようやくそのことを実感した。
「もう少し考えさせてください」
「いいとも」
グッドマン博士は言った。「いくらでも考えたまえ。後悔することのないように」
「僕に言わせれば――」
西田が言った。「どんなに考えたって、人間、やったことに必ず後悔する生き物の
ような気がしますがね」
「まあ、そういう見かたもできるね」
「だから、どうせ何をやったって後悔するわけだから、何をやってもいいわけです
よ」
「そうかな。AかBかを選択しようとして迷うとする。たいていはどちらかを選んだ
という意識しかない。だが、実際は、別の宇宙で別の道を選択している自分がいるわ
けだ」

有栖はその言葉が心に引っかかった。

彼女はビショップに言った。

「この場合もそうなのね？」

「この場合？」

「あたしが、こっちの世界に残ると決断しても、もとの世界に帰ると決断するあたしが別の宇宙にいることになるのね？」

「単純に考えるとそうなるが、実際はそうとは限らない。こちらの世界に残ったまま、宇宙が枝分かれしていく可能性のほうが大きい」

「なぜ？」

「もし、別の宇宙で、もとの宇宙に戻れる君がいるとするなら、君も戻れるはずだからだ。君が戻れないということは、どの宇宙の君も戻れないことを意味している」

有栖はまた考え込んだ。

みんなはあたしの決断を待ってくれている。

あるいは、あたしが、もとの世界に戻れるほど鮮明なイメージを思い出すのを。

あせってはいけない。あせる必要はない。

だが、そう思えば思うほど、冷静に物が考えられなくなる気がした。

西田が言った。

「この宇宙にいる限り、時空を旅するという危険は冒さなくて済むんだ。すべては時が解決してくれるさ。ここにいても君は君だし、ここにいた君だって、むこうの世界にきっとなじむはずだ。考えてごらん。入れ替わったと言ったって、両方とも本物の有栖なんだ」

　有栖はこたえられなかった。

　西田はさらに言った。

「僕と付き合っていることも、婚約も御破算にしていい。君の心の整理がつくまでね」

　有栖には、それが西田にとってつらいことだということがわかった。

　そして、そこまで言ってくれることがうれしかった。

　事実、きのうの夜は、今まで感じたことのない西田のやさしさを感じ、幸福を味わったのだ。

　もとの世界に帰って、どれほどの幸福が待っているというのだろうか？

　また西田の声が聞こえた。

「それに、ビショップがこう言っていたじゃないか。君は、ここに来るべき理由があってやって来たんだって……」

　有栖は正常な判断力を失い、心が、この世界に残るほうに傾きかけてきた。

またしばらく沈黙が続いた。

有栖はうつむいたままだった。

何かを考えているように見えたがその実、ほとんど何も考えていなかった。

有栖は下を向いたまま、ぽつりと言った。

「あたし、ここへ残ってもいいかもしれない……」

グッドマン博士も西田も何も言わなかった。

しばらく間を置いてビショップが言った。

「本当にいいんだな？」

有栖は何も言わなかった。

「それでは私はここにいる必要はない。消えることにする」

有栖は言った。

「待って、ビショップ」

「何だね」

「もう会えないの？」

「たぶん、二度と……」

「そう……」

有栖は、何かしてはいけないことをしてしまったような気分だった。

グッドマン博士も西田も同様に、後味の悪さを感じたのだろう。博士は葉巻を取り出し、西田にすすめた。

西田はすなおに受け取り、セロファンをはがし、端を噛み切った。葉巻をくわえて、ポケットをさぐり始める。

ビショップが言った。

「では、お別れだ」

グッドマン博士が言った。

「会えて楽しかったよ」

西田は無言でうなずきかけた。

有栖は別れの言葉を探しあぐね、小さくつぶやいていた。

「ビショップ……」

西田はポケットからライターを取り出して葉巻に火をつけ始めた。

ビショップの姿が陽炎《かげろう》に包まれ始める。

有栖は、ふと西田の持っているライターに気づいた。

そして目を見開いた。

「西田さん……。そのライター」

「これ？　ああ……、そう。君からもらった物だよ……」

有栖はビショップに向かって叫んだ。

「見つけたわ、ビショップ。あたし、たぶん、戻れるわ！」

ほとんど消えかけていたビショップの姿が、再びはっきりとし始めた。

19

「見つけた?」

ビショップが尋ねた。「何を思い出したんだ?」

有栖は、西田が手に持つライターを指差して言った。

「あのライター、あたしがよく行くブティックで見つけて、気に入って買った物なんです」

ビショップは明らかに興味を覚えたようだった。

「それで?」

「今、西田さんはあたしから——つまり、この世界のあたしからライターをもらったと言いましたね?」

「ああ、確かに君から……、この世界の君からもらった物だ。君が買った物だろう?」

「そう。あたしが買いました。でも、あたしはそのライターを西田さんにあげていないんです」

「何だって?」

西田が言って、グッドマン博士とビショップの顔を見た。

「あたし、プレゼントするあてもなく、何となく、そのライターを買ったんです。でも、今考えると、西田さんにプレゼントしようと思って買ったのかもしれません」

ビショップが言った。

「そこにいる西田氏がそのライターを持っているということは、君がライターをプレゼントするチャンスがあったということだな……」

「そうです」

西田が言った。

「あれは確か、君が信州に旅行に出るまえの日だ。君のマンションのロビーでもらったんだ……」

「そうなんです。あたしには、そのとき、西田さんにライターを差し出す勇気がなかったんです。そのとき、とっても淋しいような口惜しいような気分になったのを覚えています。ライターを手渡せなかった自分が悲しかったんです。今、そのライターの包みは、まだ、私の部屋のテレビの上に置いてあります」

有栖はビショップのほうを向いて言った。

「あたし、買い物の帰りにマンションの下で西田さんに会ったんです。西田さんはケーキを持って来てくれました」

西田が言った。

「こっちの世界とほぼ同じだな……」

「そのとき、ライターを渡したかったんですけどできなかったんです。その後、とってもやるせなくって……。あたし、マンションの下で西田さんに会っているところへなら戻れると思います。いえ、きっと戻れます」

ビショップは、しばらく考えていたがうなずいた。彼は、初めて有栖にほほえみかけた。

「今度こそだいじょうぶそうだ」

「さあ、いよいよ、お別れだね」

グッドマン博士が手を差し出した。有栖は握手を交した。

「君は僕の記憶をなくしてしまうだろうけど、僕は君のことを忘れない」

西田が言った。

「ありがとう。でも、戻って来るあたしを大切にしてあげてください」

「もちろんだ」

「ふたりとも、本当にありがとうございました。あたし、グッドマンさんのことも西田さんのことも忘れたくない」

ふたりはほほえんでうなずいた。

有栖は涙を浮かべていた。

「さあ、そろそろ出発しよう」

ビショップが言った。

有栖はうなずいて、ソファに腰かけた。

「行き先の場所と時間をはっきりと思い浮かべるんだ」

有栖は目を閉じた。

ビショップがその正面に立つ。

西田とグッドマン博士は立ったままその様子を見つめていた。

ビショップがふたりを見た。

西田とグッドマンはビショップに、無言ながら親しみを込めた笑顔で別れの挨拶を送った。

ビショップも笑顔を返した。

彼は有栖のほうに向き直り、彼女の頭上に両手をかざした。

ビショップも目を閉じる。

そのまま十数秒が過ぎた。

やがてビショップの姿がゆらめき始め、透明な影になっていった。

そして、彼は完全に消え去った。

同時に、有栖が深い眠りについた。


今度は、漂うような頼りない感じはなかった。

有栖の体は、明らかにある一点を目指して、真っすぐに流れていた。

銀の弦のさまざまな振動が伝わってくる。ハーモニーの上にハーモニーが重なり、コードが次々と展開していく。

リズムは互いに干渉し合い、全体として、すばらしい調和のとれた音楽が展開していた。

素粒子が弦だというのは何と美しいイメージだろう、と有栖は思った。

〈音楽というのは、この宇宙のいとなみに近づこうとする努力にほかならないのかもしれないわ〉

壮大な弦楽曲のなかを有栖は、なめらかに流れていた。

ふと、彼女は思った。

〈あの世界の西田さんやグッドマン博士にもう会えないと思うと、ちょっと淋しい

……〉

そのとたんに異変が起こった。

有栖のなめらかな流れが止まろうとしていた。

一点を目指していた動きが乱れてくる。

〈しまった……〉

有栖は思った。〈また、鴉のときと、同じ間違いを繰り返すのかしら〉

有栖の体は、今や完全に止まりかけていた。また、亜空間で漂うような感じになってくる。

ビショップの声がした。

〈行き先をしっかり頭に描いて〉

有栖は言われるとおりにした。

行くところは、あそこしかない。あの、日暮れどきのマンションのロビー。

西田さんがあたしを待っていてくれた、あのマンションのロビー。

有栖の体は、再び流れ出し始めた。

見えない手が、有栖の手をつかみ、ぐいと加速した。それがビショップの手であることがすぐにわかった。

有栖はまた滑るように移動を始めていた。

〈さあ、お別れだ〉
ビショップの声がした。
〈あたし、何もかも忘れてしまうの？〉
有栖は言った。
〈覚えているかもしれない。でも、そのことに自分で気づかないだろう〉
〈あたし、忘れたくない〉
〈さ、行くんだ〉
〈忘れない……〉
すっと目のまえが真っ暗になった。
有栖は今、自分のマンションの下に立っており、目のまえに西田が立っていた。
西田とグッドマン博士は、深く眠っているように見える有栖を見つめていた。
有栖は、ほんの数秒で意識を取り戻した。
気がつくのが、あまりに早いので、また失敗したのではないかとふたりはいぶかった。
「どうしたの？　ふたりとも変な顔して……？」
有栖は言った。

グッドマン博士と西田は顔を見合わせた。

グッドマン博士が尋ねた。

「ここ二、三日のことをはっきり覚えてるかね？」

「よしてよ、もう、さっきから変なことばかり……。あら、そういえば、熱を出した夜からのことがはっきりしなくなってきたわ。ちょっと飲み過ぎたかしらね……」

グッドマン博士が西田に言った。

「平行移動してからのことは、むこうの有栖の世界線だ。だから、記憶が曖昧になったんだ……」

「それじゃ……」

「もう、ふたりとも、どうしたの？」

西田が尋ねた。

「僕と君の関係のことは覚えているか？」

「もちろん。あたしは漫画家で、あなたは編集者」

有栖は言った。「そして、あたしの恋人で婚約者よ。ひとり友だちをなくしてまで婚約にこぎ着けたんですからね」

西田はグッドマン博士にうなずきかけた。

有栖は言った。

「ここへ来てから、あなたはずっと冷たかったような気がするんだけど……。おかしいわね。言いたいことがたくさんあって、あたしはずいぶん文句を言ってたはずだわ……。何だか、そこのところだけ頭がはっきりしないわ。あたし、どこかおかしい？　熱のせいかしら」

「だいじょうぶ」

西田は言った。「君はまったく正常だよ」

彼はたまらず有栖のまえに膝をつき、彼女を抱いた。

「ちょっと、急にどうしたのよ。博士のまえよ」

そう言いながら、有栖も西田の腕を引き寄せていた。

グッドマン博士は、愉快そうに笑った。

「私のことなら気にすることはない。私は、物事を、冷静に観察するように充分訓練されているからね」

西田は、有栖を胸に抱きながら、それが本当に自分の世界の有栖であることを実感していた。

20

西田はにこりともせずに有栖を見ていた。

有栖はまた自分が彼を恐れていることを感じていた。

彼女は、西田の目をまともに見ることができなかった。

「出かけていたのか？」

西田が尋ねた。

「はい、あの……、ちょっとお買い物に……」

「こういうマンションは安全でいいのだろうが、ちょっとよそよそし過ぎるな。一般の人間はエレベーターホールまでも行けやしない」

有栖は不思議な気分になった。

デ・ジャ・ヴを起こしたのだ。

〈いつか、まったく同じことがあったような気がする〉

同じ場所で、同じ相手と、同じ話をしたような気分になったのだ。

しかし、そんなことがあるはずがない、と有栖は思っていた。

有栖は、西田がマンションの保安システムのことを言っていることに気づいた。

「あ……。今すぐ開けます」

「いや、ここでいい」

西田は、無愛想に言って手にさげていた箱を差し出した。

有栖は買い物の荷物をいったん床に置いて、両手でその小さな箱を受け取った。

近所のケーキ屋の箱だった。

「きのうは、ねぎらいの言葉も忘れていたんでな……」

有栖は前日原稿を仕上げたばかりだったのだ。

「あの……。お茶、いれますから上がって行ってください」

「いいよ」

「でも……」

「じゃ、次回もよろしくな……」

有栖はふと、プレゼント用に包装した真鍮製のオイルライターのことを思い出した。

今、買って来たばかりのライターだ。

「あの……」

有栖は声をかけた。

行きかけた西田が立ち止まり、振り返った。

「何だ？」

有栖はライターを渡したかった。

しかし、その口実が見つからなかった。そこでプレゼントをするのがたいへん不自然に思えた。

「これ、ありがとうございます」

有栖はケーキの小箱を少しだけ持ち上げた。

西田は、ただうなずいただけでくるりと背を向けた。

西田は去って行き、ライターは残ってしまう。

有栖は自分の意気地のなさに愛想が尽きる思いがした。

そのとき、彼女の心の奥で囁く声がした。

〈今しかチャンスはない〉

有栖はためらった。

早くしないと西田は去ってしまう。

ここでライターを渡さないと、たいへんなことになってしまうような気がしてきた。

なぜかわからないがそんな気がしたのだ。

「西田さん！」

有栖はもう一度西田を呼び止めた。

西田が立ち止まった。

有栖は荷物を手に、西田のところまで駆けて行った。

「どうしたんだ？」

西田が怪訝そうに訊いた。

有栖は買い物の紙袋の底から、ライターの包みを引っ張り出し、明るく言った。

「気に入ったんで、これ、買っちゃったんです。使ってくれませんか？」

西田は、黙ってそれを受け取り、包みを開いた。

「こいつあ……」

西田は照れたように言った。「当分、禁煙はできそうにないな。ありがとう。ありがたくちょうだいするよ」

「あ、そうそう。あたし、明日からちょっと旅行してきますから」

「旅行？　どこへ行くんだ？」

「行き先は秘密です」

「そうか……」

西田は、わずかにためらいを見せた後、言った。「何かあったら、必ず僕に電話をくれ」

有栖はその一言がうれしかった。

「はい」

彼女は心からの笑顔で言った。「必ず、電話します」

解　説

福井健太

今野敏の熱心なファンであれば、近年「異色作」が次々に刊行されていることを御存知だろう。一九八九年に廣済堂出版から上梓され、二〇一〇年にＰＨＰ文芸文庫に収められた後、再び文庫化された本書『遠い国のアリス』もその一つである。

改めてプロフィールを記しておくと、今野敏は一九五五年北海道生まれ。上智大学文学部卒。在学中の七八年に「怪物が街にやってくる」で第四回問題小説新人賞を受賞。七九年にレコード会社に入社し、八一年に専業作家となった。八二年に『ジャズ水滸伝』（後に『超能力セッション走る！』『奏者水滸伝　阿羅漢集結』と改題）で単行本デビュー。伝奇やアクション小説を量産しつつ、警察小説で注目を浴び、二〇〇六年に『隠蔽捜査』で第二十七回吉川英治文学新人賞、〇八年に『果断　隠蔽捜査2』で第二十一回山本周五郎賞と第六十一回日本推理作家協会賞（長編および連作短編集部門）に輝いた。一三年からは日本推理作家協会の理事長を務めている。

警察小説の名手と称されることも多いが、今野の作風はバリエーションに富んでおり、警察小説は（一八〇冊に及ぶ）著書の三割にも満たない。その多彩さはディープな趣味の数々に由来するが、空手はとりわけ重要なファクターだろう。少年時代に『空手バカ一代』『グリーン・ホーネット』の影響で空手に憧れ、大学の空手サークルを経て、一九八〇年から日本空手道常心門の池田奉秀師範に師事し、九九年に空手道今野塾を設立した——という来歴はエッセイ集『琉球空手、ばか一代』に詳述されている。「最もオリジナルに近い首里手を追究しつづける」「空手原理主義」の道場を興すほどの拘《こだわ》りがアクション小説に反映されたことは疑いようもない。

空手と双璧をなす趣味としては、やはり多くの作品に登場するジャズがある。デビュー作や〈奏者水滸伝〉シリーズに（空手を絡めて）ジャズバンドを描いた今野は、岡田斗司夫の対談集『マジメな話』で「僕は高校時代、ジャズがすごく好きになったんです。それは、周りにジャズオタクがいたからなんですよね。僕も、最初はミュージシャンの名前を聞いても、演奏のアドリブだとかモードだとか聞いても、全然わからない。だから一所懸命その体系を勉強しようとしました」と語っている。自分の好きなものを組み合わせ、美学や主張をダイレクトに記し、そのうえでエンタテインメントを成立させる創作法はデビュー時から一貫しているのだ。

今野はガンダムのマニアでもあり、八〇年代にはフルスクラッチの模型を雑誌に発表していた。ガンダムにインスパイアされたスペースオペラ〈宇宙海兵隊ギガース〉

シリーズ、中学生がガンプラ作りを通じて成長する『慎治』などを手掛け、公式に『機動戦士Zガンダム外伝　ティターンズの旗のもとに』を執筆するなど、この方面でも精力的に活動したのである。

高校と大学の茶道部経験に基づく『茶室殺人伝説』『男たちのワイングラス』や、アイドルおたくの感性を投入した『25時のシンデレラ』(後に『デビュー』と改題)『時空《とき》の巫女』にも、書き手の素養がはっきりと窺《うかが》える。ゲーム製作会社が舞台の『蓬萊』、ゲームマニアが活躍する『アキハバラ』、インターネットの殺人ゲームを扱った『殺人ライセンス』などは、サブカルチャーに対する興味の産物だろう。加えて「射撃、ダーツ、スキューバダイビングなど」も嗜《たしな》むのだから、かくも卓越した趣味人はそういるものではない。

マニア体質のクリエイターが雑多な分野を掘り下げ、その組み合わせで創作を続けていれば、作風にバリエーションが生じるのは当然のことだ。「異色作」が次々に刊行されていると書いたが、より正確を期すならば、イメージに収まらない旧作の復刊が進んでいる――というのが現状なのである。

著者のパーソナリティを確認したところで、ここからが本作の話。二十歳の少女漫画家・菊池有栖(とアシスタントの久美と藍子)が原稿を描き、編集者・西田博司に渡すシーンから物語は始まる。有栖は「あんな男、好きになっちゃだめよ」と久美に諭されるが、有栖に恋愛感情の自覚はなく、藍子は西田への想いを口にしていた。その二日後、有栖は父の友人に借りた信州の別荘に泊まり、異様な実体のないものの気配を感じる。悪夢から目覚めた有栖は、電話で呼ばれたという西田に逢い、その発言や態度に「この人は、西田さんではない」と疑念を抱く。彼女の周りで何が起きたのだろうか?

全篇を大きく二つに分けると、前半はヒロインが怪事に遭うサスペンスとして書かれている。有栖は「地球外生物はすでにこのあたり一帯を支配しているのではないだろうか?」「近づく人間と入れ替わってどんどん静かな侵略を続けている」という仮説を立てるが、これはジャック・フィニイ『盗まれた街』に即したものだろう。やがて有栖は別の可能性に気付き、ストーリーは後半に移行する。隣人の物理学者アレックス・J・グッドマンに相談し、平行宇宙について教わった有栖は、元の世界へ戻る方法を模索していく。つまり本作はパラレルワールドSFなのだ。

長年の今野ファンでも（伝奇やオカルトはまだしも）この展開を意外に感じる人は多いだろう。しかし声を大にして強調するが、作風の広さゆえに作例は少ないにせよ、今野はれっきとしたSF作家である。二〇一四年刊の自伝『流行作家は伊達じゃない』には「SFが好きだった。中学生のときは《レンズマン》シリーズを読んでいたし、高校生になって定番の星新一、筒井康隆ときてレイ・ブラッドベリなども読んでいた」という一節がある。デビュー作を推した選考委員の筒井は、同作を含む短篇集『怪物が街にやってくる』のノベルス版に「今までにジャズとファンタジィの結合はあったが、ジャズと本格ＳＦの結合は、日本では『処女航海』が最初である。この好短篇はニュー・ウェーブにまで高められている」という賛辞を寄せた。同書所収の「処女航海」はジャズと宇宙のパスポートのイメージを重ねた初期のマスターピースにほかならない。

他のＳＦにも触れておくと、今野は一九八〇年代前期の『ＳＦアドベンチャー』に「生還者」と「タマシダ」を書いている。前者はウラシマ効果テーマの時間ＳＦ、後者は金魚のタネの開発から奇想が立ち上がる話だった。ＳＦ作家クラブ篇のアンソロジー『ＳＦ　ＪＡＣＫ』には（古参会員として）空手とタイムスリップを絡めた「チャンナン」を寄稿している。

自前のアニメ批評を『慎司』に挟んだように、今野は（しばしば饒舌《じょうぜつ》に）自説を語る作家だが、本作にはＳＦ寄りの思索が散見される。「時間はどこで生まれたのか？」「いったいどうやって、一般の人々は夢と現実の区別をつけているのだろう？」といった根源的な疑問や、アインシュタインの宇宙観と東洋思想を接続し、タオ自然学や武術に結び付ける視点はその好例だ。有栖をＳＦファンタジー漫画家に設定し、

好奇心と理解力を与えたのも、思索を記すための計算に違いない。ルイス・キャロル

『不思議の国のアリス』（および『鏡の国のアリス』）を踏まえたタイトルは、利発な

ヒロインが彷徨《さまよ》うイメージを想起させる。ちなみに筆歴を辿《たど》ってみると、八八年に初

の警察小説『東京ベイエリア分署』（後に『二重標的《ダブルターゲット》』と改題）、八九年に本作、九〇

年にスペースオペラ『宇宙海兵隊』（『宇宙海兵隊ギガース』とは別物）が上梓されて

いる。この時期に新ジャンルを開拓していたことは一目瞭然だろう。

まだ紙幅に余裕があるので、作中の固有名詞を説明しておこう。有栖が持っていた『発狂した宇宙』は、アメリカの作家フレドリック・ブラウンが四九年に発表したSF小説。SF雑誌の編集者キース・ウィントンは、月ロケットの墜落事故に巻き込まれ、科学の発達した別世界——宇宙旅行が定着し、月からの観光客が訪れ、天才科学者ドペルの指揮下でアルクトゥールス星人と交戦中の地球へ飛ばされる。類型的なスペースオペラのパロディにして、パラレルワールドSFの古典と称される名作だ。

グッドマンが言及するフレッド・ホイルは、ケンブリッジ大学天文学研究所の所長にして、原子核合成理論の功労者。『暗黒星雲』『アンドロメダのA』『10月1日では遅すぎる』などを著したSF作家でもある。時空が壊れた世界を描く『10月1日では遅すぎる』では、数学者ジョン・シンクレアが「書類整理用の仕切りがたくさんある

とするんだ。それには、順々に番号がふってある」「どこかの会社の事務員が、一つの仕切りをのぞき、つぎに別の仕切りをのぞいていくところを考えてみたまえ」という比喩《ひゆ》を使い、時間が一様に流れるという認識は幻想だと語っている。これが本書の元ネタであることは言うまでもない。

作中で語られる量子力学についても、ごく簡単に記しておきたい。ボーア研究所に由来するコペンハーゲン解釈では、粒子は特定の点に存在すると同時に、空間的な広がりを持つとされる。それは異なる状態の重ね合わせで表現され、観測（人為的なものに限らない）によって収束する。この解釈はいくつもの思考実験を生み、無数のフィクションに転用された。オーストリアの物理学者エルヴィン・シュレーディンガーが示した批判――ラジウムがアルファ粒子を出すと青酸ガスが生じる箱を用意し、猫を入れて放置した際、猫は生きていると同時に死んでいるという「シュレーディンガーの猫」はあまりにも有名だ。そこから生きている世界と死んでいる世界があると考えたものが「エヴェレットの多世界解釈」である。マイクル・クライトン、グレッグ・イーガン、ジェイムズ・P・ホーガンなどの諸作をはじめとして、この理論を踏まえたパラレルワールドSFは少なくないが、本作もその系譜に属している。

こう書くと小難しく見えるが、理屈にさほど興味のない方は、状況設定の道具と割り切っても構わない。本筋はあくまでもヒロインの成長譚にある。中途半端な人間関係を起点として、微妙にずれた世界のアクティヴな自分を突き付けられた有栖が（外的な理由を伴うにせよ）己を見つめ直し、前向きに生きようとする——本書はそんなビルドゥングスロマンなのだ。

珍しい題材を扱いながらも、律儀なストーリーテリングを貫くことで、ここには確かに今野節が息づいている。本書を一つの契機として、警察小説や伝奇の読者が（今野作品に限らず）ＳＦに手を伸ばすことにも期待したい。

二〇一六年二月

この作品は1989年4月廣済堂出版より刊行されました。
なお、本作品はフィクションであり実在の個人・団体などとは一切関係がありません。

徳間文庫

遠《とお》い国《くに》のアリス

2016年3月15日 初刷

著者 今《こん》野《の》敏《びん》

発行者 平野健一

東京都港区芝大門二—二—二 〒105—8055

発行所 株式会社 徳間書店

電話 編集〇三(五四〇三)四三四九
販売〇四八(四五一)五九六〇

振替 〇〇一四〇—〇—四四三九二

印刷 凸版印刷株式会社

製本 株式会社宮本製本所

ISBN978-4-19-894080-5 (乱丁、落丁本はお取りかえいたします)

徳間文庫の好評既刊

今野 敏

禁　断

横浜みなとみらい署暴対係

　横浜元町で大学生がヘロイン中毒死。暴力団田家川組が関与していると睨んだ神奈川県警みなとみらい署暴対係警部諸橋。だが、それを嘲笑うかのように、事件を追っていた新聞記者、さらに田家川組の構成員まで本牧埠頭で殺害され、事件は急展開を見せる。

今野 敏

防波堤

横浜みなとみらい署暴対係

　暴力団神風会組員の岩倉が加賀町署に身柄を拘束された。威力業務妨害と傷害罪。商店街の人間に脅しをかけたという。組長の神野は昔気質のやくざで、素人に手を出すはずがない。諸橋は城島とともに岩倉の取り調べに向かうが、岩倉は黙秘をつらぬく。